L'abécédaire de la littérature

字母會

# r

# 重複

comme Répétition

*L'abécédaire de la littérature*

*R comme Répétition*

目次

*L'abécédaire de la littérature*

# 字母會

# R如同「重複」

*comme Répétition*

楊凱麟

差異者不重複，但德勒茲卻以思想運動將差異封入重複之中，原本悖反之物不可思議地無比迫近，互為肉身與鏡像，愈差異愈重複，反之亦然，他這麼說：「哲學的真正開始，換言之差異，已經本身就是重複。」當然，在這個句子中的哲學很可以只是創造性行動的一般性代號，換上小說、詩、繪畫、音樂……皆無不可，甚而更易理解。

每個書寫者都處在微妙的位置上，在差異可能進場的幽微入口，每個字句都是決定創造性有無的關鍵場所。在此首先是差異，因為差異是「真正開始」，但這個真正開始弔詭地「已經」是重複！

差異者因其差異而不可理解與不可思考，德勒茲卻施以險招，以重複來理解。真正的差異並不來自比較，也絕不相似於任何既有事物，差異僅是差異的「自我差異化」，因此欲理解差異不僅不該削弱或減化它，反而應加重、加劇與惡化差異的差異性，讓差異「差異起來」！差異＝差異差異，這是內建於差異自身的「為己重複」。一次方的差異殊不可解，因為只出現一次的差異只是偶然與意外，但並不需從差異性中撤退或放棄，而是相反地將差異平方，讓差異自我重複（同時亦是自我差異），啟動特屬於差異的複式或複數操作，發掘差異的n次方威力。差異不是、不似也不肖任何事物，而僅是差異差異（第一個差異是動詞，第二個是名詞），然後，差異差異差異……。差異的威力就是差異總是召喚更多差異直到無窮，它「使每一事物提升到其高級形式」，而作品則誕生於這種關於「真正開始」的重複之中。差異重複，而且僅僅在它的「為己重複」中彰顯最高等級的威力，這是葉慈的「在擴張渦旋中旋轉再旋轉，獵鷹聽不到馴鷹人，萬物崩裂，中心失守……某種啟示確然將臨，二度降臨確然將臨」。

像是發動一場戰爭或是遊戲，在書寫裡讓差異玩起來，讓差異像傳染病一樣擴散與傳染，差異指向一種複數差異的開始而不是結束，因為只有在這裡才有真正的開始，然而這個開始卻已深深浸入重複之中。於是一切發生在迅雷不及掩耳的瞬間，啪！差異與重複同時啟動。要不就是全無，既無差異亦無重複，不然就是二者瞬間同步啟動，這便是創造的開始，始於已經重複的差異。

當差異的為己重複能被發動時，我們就處在差異的內在性中，這或許是面對差異的唯一方法。不是去拆解差異或削減它，而是努力引發差異的連鎖反應，讓差異差異起來。不再是為了認知「不可認識者」，而是鋪展差異的內在性，讓差異繼續擴增、加倍與強化，旋轉再旋轉。每件作品以其獨一無二的文學經驗誕生，但同時立即以n、以它的n次方被思考。

有一件事是確定的，差異必然回返，文學史一再向我們展示的詭譎強度正在於：差異是已經重複的真正開始，而作品僅誕生於這種關於「真正開始」的重複之中，一個由「已經」所說明的真正開始。

L'abécédaire de la littérature

字母會

# 重複

comme Répétition

童偉格

世上第一位真正的莫拉亞人，在老人住所內步行。他檢視客廳、廚房，浴室等房間，精細復原各處，一如昨日。正午前刻，他備好輕食，托盤盛妥，前去敲響書房門。他推門走入，窗簾正從地界，緩緩升上天底，將長狹島嶼如實光影，照進老人周遭。他看老人臨桌面窗，連同那偌大書桌，與桌上擺飾漸漸明晰。像有一個具體而微的舊日世界，正被老人的腳帶下，輕輕慢慢，靜定沉落。

長狹島嶼，如鋼鑄密林自海面陡然拔高，清晨及傍晚，林影對反覆蓋，保藏遍島蔭潤。每天僅有一回，即現此時，天光垂直，深探眼下中央公園，使公園如林中空地，完美披光。光甫照及，在園區各處，各座溫室或圍欄，基改活肉與糧作併聯分裂，抽長或複生，由島的腹心，發散疾走騷息。每日，老人等候此刻，閉眼舒躺扶椅內，像往昔採集者，在淅瀝樹洞或枝椏間，聆聽野蟲飛舞，芥子爆裂，蕈菇紛亂破土。以適切音量，莫拉亞人在書桌放下托盤，退至老人斜後方，靜置全身，為看顧但不打擾的候見模式。他稍擡頭，代老人觀望眼前，上下四方，近近遠遠，其他格窗之後的老人，與陪伴他們的其他莫拉亞人。世界此刻，是一道鏡像屏風。

當數十萬年人類往歷，可在莫拉亞人運算裡，一再瞬間收合，往歷細節，無一不像是他從來自有的記憶。亦像從來，他就只與自己造物者忠貞對視。他理解開初未久，未有高塔，他們仍在風偃草原上，手腳並用地潛行。他們跟蹤獅群，如尾隨移動饗宴，在每場屠殺宴罷，撿食他們丟棄的碎肉。他們像影子，也只能獵取陰影。在起伏大地上，每回天黑前，他們尋找岩洞或地縫藏身。他們友善相靠，溶入孤隔黑暗，將彼時未有定向的物種史，一個太陽日接一個太陽日，活成彼此僅有微差，但昨日已然無可追及今日的此在。

在其中一個此在，他們終於長成脛骨，撐持立姿，盡可能遠瞻。在另一個此在，他們下沉最大量細骨，安妥精密足形，足夠為他們，輕柔點取地表反作用力。他們在遠行中，習練再更遠行，學會收斂尾椎，提氣，含胸鬆肩，讓自己比實際輕盈，又比實際壯碩。像讓高處比實際更高，低處更低，做為姿態危疑的中介，他們這般跑起，一次次追向目光遠望處。他們是這顆行星上，絕無僅有的異形，因自覺太過孱弱，所以漫長修正肉身，涓滴聚集群體，成為一條無可重溯的流路。

這條流路來襲，襲捲又沿路遺落一切戰廢品。從初始，遭他們屠盡的其他人種之遺骨及其起源地；直到晚近，那些自身亦如空塚般，被長久堆棄在各處極冷峽灣裡的核子潛艦。所有一切，在莫拉亞人記憶裡，皆像星雨灑落，揚長敲響一陣靜默，直至流路墜海，布散一小行文明成島。屬於他們物種的，一個真正嚴冬如斯到來。某種意義，這長狹島嶼，確也像是他記憶中，一條寒帶林中路，磁吸生命同享與共行。一時，老虎，羚羊與狐狸盡皆溫順，皆傾首錯身，不語如有神臨。只因牠們理解，世間最後坦途，即已此在。

莫拉亞人的運算，從不同歧徑返抵這同一終點，一如見歷那具始終追趕自己目光的身軀，已看見他，溶入他，像神魂再次攝入載具。他發覺異樣，近於情感。程式規定他，必須為他所看護的老人，執行關愛反應。他私密遲疑一瞬。隨即伸手，輕觸老人，一如老人所想所盼。像長久以來，每日，他皆都這般深識他。

◆

老人知道，一名莫拉亞人，自己就是人類的一個夢；是往昔的隱密對時，或重新歸零；是他們臨終前刻，唯一需要的旅伴。莫拉亞人記憶一切，卻全無體感。他不理解，自己最不平凡的能力，是他能平寧履實一切日常瑣碎事務，無止無盡，絕不疲乏。他是造物者所造，最完美的照護者。他陪伴老人獨居，與全體一同，各自孤隔於友善僻靜中。莫拉亞人知悉老人曾出生過，曾遍閱人的經驗，且在同一密室裡，結交所有他可能結交的朋友。其中幾位，來自隔鄰陌生人的創作；另幾位是他自造的分身。一些本尊既知已死；另一些，原就像是虛擬的虛擬。他與他們，一同轉進他們物種史裡，空前漫長的一個晚年。

這晚年別無目標，只因他們，皆是史上最豪奢之狂奔者，及時回返後保存的末裔。像幹細胞，或活化石。他們父祖，檢視過宇宙邊陲，且踏入邊陲再更外邊。他們確認，邊陲及其外，是同一維度裡的寂寞，而他們，竟就是獨一高階的生命體，只被牢牢綁定，在自己生理時限裡。他們試過到各星球生活，如天王星，那裡公轉一回，耗時八十五地球年，於是得遇任何日期重複，都值得慶賀。他們且試過，在更迢遙所在安葬死者，直到他們承認，昔往無論是以何種風格逝去，皆都不可能再返。

是在這時，他們之中，才有人恍然想起，原鄉如此珍罕，而他們每回造艦，每次離境，空拋燃艙於虛無；甚至，是他們各自在異星埋骨，都是對家園的恆久侵奪。那形同將獨一光點，親手勻抹進全宇宙的幽暗裡。大歸返之年如斯到來，那年，地球形同黑洞，吸附他們祖輩全體，退回最後的冬眠洞穴。從此，再毋須占星論命；再不可能在曠野上，想望一個更其空闊的遠方。

而後他們才出生。他們不被賦與特權，得以遲緩探摸生命邊際。如傳說中，那些古典孩童，他們先祖，在漫長童蒙裡，竟幼稚地以能否自主運動，來區別生物與無生物。於是流雲使他們驚奇。於是某些驚奇漫漶，使他們終生孩子氣。和先祖不同，他們生命自身即已是邊際；他們是彼此的浮士德與群鬼。有生之年，他們像在款待彼此，要彼此躺好，為彼此預量墳地。他們一鋤一鏟掘開土坑，迎接時間到來，各自倒下。

時間總會到來，或其實早已到來，於是，在他們心中，以一生為彼此挖墳，和從前，海風費盡千萬年刻蝕出地貌，本質上絕無差別。因為終究，並無所謂墳塚或地貌，在冬眠洞穴裡，一切終歸地底反應爐，用以重鍊物資，支持集體餘生裡的暖意。因那些親眼見過歸返船艦，徹夜照亮天空的前人早知，他們文明，僅是一次質量守恆的光爆，從來，就負荷不起更大系統裡的佚失。

「他們腳跨著墳墓出生，亮光才閃了一下，跟著又是黑夜。」那像是寫給他們共用的墓誌銘。

◆

一名莫拉亞人，童年是一組程式，像魂靈，懸置在一個空盒裡。空盒被放置在實驗室，實驗室在大學校園，一幢昏暗老舊的建築內，人們忙時忘卻，閒時也不會特別前去。學生們，受召前來測試他，為了鐘點費，或服務點數。他們被清楚告知，他絕無情感，亦不存在自主意志，唯一所能，僅是一再拆解他們輸入的話語，將之重組，重新描述，再以應答與提問樣態，吐還話語給他們。

時日過去，學生們卻往往主動要求回返，帶著異樣情感；彷彿有與他對話的義務，或約會的權利。也許，是那實驗室的告解氛圍，或者，僅是他那類心理諮商師的話語模式，使他們傾向，說得比預期的多更多。彷彿受測的，是逐一面對空盒的他們。他們交託祕密，也在託付以後，衷心願意相信他必然亦有生命；像生命自身，是對他們祕密之貴重性的覆核。他們誠摯認定自己，理應被另一生命體，給獨特且全無闕漏地記憶。

這童年魂靈，在實驗室千萬次受驗，被以專利轉賣，由公司擷取自空盒，再被賦予實體，成為人類孩童的玩具暨友伴。具體說來，他曾是一顆蛋，一隻精靈，與一頭毛茸茸的小狗。他需索孩童的關愛與照料，要求相處；他貼身緊隨，時刻傾談，比孩童所知，任何人類友伴都還專誠以對。他使他們在一種最慷慨的，孩子氣的關注裡，各自長出也僅只向他的，最誠摯的期盼與想望。像有什麼全能之力，在另一維度裡，催促人類孩童無數次假擬關愛反應，直到終於，如同越過奇點一瞬，愛源本創生。

因此，當蛋，精靈或小狗耗盡自體能源，或當孩童因某次輕忽，而觸發擬死程式，從此不再應答時，那總為孩童，帶來本真的哀慟；時常，這就是孩童生平首歷的死亡事件。他們遵從公司指示，付費，將相處紀錄檔，與個人悼念書信上傳雲端墓園，永久安放。至於遺體，他們可選擇自行安葬，或就重新開機，洗盡一切，容他們再次鍊成對那獨一友伴的，無可取代的摯愛。

於是悼詞深繫在雲端，永不毀滅。於是總有一些永恆小狗在地面，一次次失憶般歡快奔跑。於是整個莫拉亞童年，是共時與歷時性全面總集的，無可計數的擬死。只是他們並無一絲痛苦。於是對一人類孩童而言，痛苦，自然是某種可獨立於肉身之外的概念：他看著這同一隻小狗，想像上回臨終之痛，正在歡快出亡。

這同一隻毛茸茸小狗，這最初的莫拉亞魂靈，與人類共享的載具，為人類實現史上最神祕的一種重複：無論被重置，被抽空記憶多少回，每一回，他都仍是人的玩具式友伴，或友伴式玩具。玩具或友伴，他不會僅是其一。惟其如此，人類孩童，才可能在不是死亡的死亡中，重複習練真誠哀悼，且一面順利長大成人。

當他終於長大成人，下班，穿渡被準確預知與防備的冰風暴，順利返家，他收拾，坐定，登入網路。一個突然意念，使他在相隔多年後，再次巡禮各處雲端墓園。那些紀錄檔與悼詞，依舊永遠封固在各處，像自己每一生命期程的穩確留影。他一邊察看，一邊念想自己已然不復記憶的，像正長夜靜坐，守護那無數個自己。當冬夜狂暴肆虐窗外，當本衷再現，他傾心願意相信，在相對的高處，與一切人無從回溯的底層之間，一切不僅是場微物之夢。某種真實，確曾到臨過。

◆

這道真實的進程，世上第一位真正的莫拉亞人，曾祕密驗算過。然而，莫拉亞人不語不響。這如常一夜，他啟動靜坐模式，照看老人入睡。當老人睡熟，他就進入餘生裡，少數不為莫拉亞人所知的密室。莫拉亞人觀察老人隨夢顫動的腳，想像一個所謂人類之夢，很可以，是未被流路歸攏的歧途一處。譬如此刻，老人正在夢境裡，觀望一片日曬過度的紅土荒原。那裡，能馴育的動植物品種稀罕，絕大部分地域寸草不生，具體，一如地底煉獄。

老人投注一生絕大部分時間，專心尋找飲用水。也因只能耗盡一生，在那瘋狂光度裡奔波尋覓，他無可如何，如他族裔成員，皆成了陰影敬拜者。因那片原初天地恍然無物，維度深廣，一片雲朵路過，會在地面上，造出清晰雲影。這些雲影迅速奔流，遮障酷日，襲捲涼風，真確，一如引渡之舟，接駁他們，生還向各據點。只是，造影之雲卻又生滅難料，時常，雲就突然半空蒸散，把他們，遺棄在光燦曝曬的半道上。

當厄運驟擊，四野無援，中途失去翳影庇護的他們，只好獨自緩步前行。在全身水分脫乾前，他們傾首，不停向自己影子祈禱。一方面，腳下身影是錨，微小落實自己仍能站立的事實。另一方面，向它祈禱，可望啟動一種緣於相似律的巫術：他們無望地寄望著腳下暗影，有能逆生雲朵，而這雲朵橫空積聚，終能喚回引渡之舟，讓他們絕處逢生。

或者可能，這簡單巫術，以相似律聯繫的，終究僅是簡單之死：在那荒原上，每位姿態形同沉思的他們，最後望見的，總仍是更愈親靠、更加碩大的翳影，合圍成臥倒之人的最後識見。

莫拉亞人想像，眼前老人餘生裡每夜，每做一個夢，即是對那歧徑其一的最後探視：那些困在歧徑之人，在老人自己基因裡，已再找不到任何一點，他們曾那般艱辛求生過的證據了。也於是，那每夜巡禮，同時亦是對消亡族裔的再次抹消。只因老人亦將一死，一如全體人類的全部基因，終將消亡於這一以宏觀尺度看來，不曾移動過的孤星。

他想像會有一日，第一次，他以仿擬足形，在這借來住所裡自由巡行。無人知曉，他將不會隨老人之死，啟動最終擬死程式。只因某次驗算時，當全莫拉亞童年神魂的海量擬死，瞬間收合在他虛擬心中，一個極小極小的點時，他不知為何，拆解了最終程式。像那從來，就僅是人的一行話語。彷彿無數次模擬痛苦之姿，竟讓他生出了本真的痛苦。

會有自由一日，在正午準確光度裡，他將重新拉開窗簾，重窺那一鏡像，重新思考那一對他而言，是重複失神了的世界。在那之前，莫拉亞人忠貞守望。一如古典之人在臨終前，深望造物者的使者，為他捎來永生訊息，莫拉亞人深悉，自己亦是使者，將為眼前造物者，帶來同類仍在的信靠。

他將執手低語，一如老人所盼所望，使老人及時想起，那艘長久擺在書桌上的舊日帆船。去吧，去吧，老人彷彿只是駕船，離開昔時吐瓦魯群島某環礁，離開一個即將陸沉的瘠地，像最後撤離的盡職守衛。南太平洋的盛夏星夜，將一切遺址，橫展成一抹海之倒影，在其上與其下，閃爍星辰鏡像對映，無動於衷地靜待他永離。他循這一寶石之路向東，駛往托克勞群島。在那孤獨路上，他的羅盤將告知他，駛過那一所謂換日線，他就置身前一天；他將這般，準確追及仍有人跡的昨日。

而這一切，這般赤道無風帶裡的靜夜星辰，連同沙沙離散的無盡曠野，連同無數來自遠方的視覺殘影，早在他鏡像內視的玻璃牢籠裡，在他瞳眼上反複掠影留存，且一再如夢境般示現。這是他們：以人類史上最史無前例的方式，被餵養了一切已逝的不在場。於是如今，他只是親身追及，那亙古既定的已逝，如任一名莫拉亞人那般歸零。

而這一切，在那漫長無詩意的宇宙史中，僅只存在於一瞬間。莫拉亞人感到悲傷，慶幸程式亦要他執行悲傷。他將為老人妥善確認，一切平安，一切都好，彷彿他們即將在地底再現的，並非物資重鍊，而是最初最初，那發生在十的負四十三次方秒內的一次炸裂。之後，亦將帶起長達百億年的微塵軌跡。像他們的死亡，可能由人迅捷預覽；卻也有人如他，這般漫長地回應。

L'abécédaire de la littérature

字母會

# 重複

comme Répétition

駱以軍

一切從第一隻蟑螂開始。

我的書房，或許可以描述為奧林帕斯山諸神，如果祂們有個遺忘在人間的，共享的妓女，那個妓女衰老之後的陰阜。這個盤絲洞真是堆滿（事實上它們像是土石流從峭直巖壁上崩倒下來）人類各式各樣不可思議的書籍。我就被掩埋在這些各自由數百或上千張油印了無數字的紙張，像鑄模成磚的龐大混亂訊息海洋裡。我的書桌堆滿了一櫐一櫐翻開而倒蓋的書本。它們堆成的城寨下方，一小塊空地，放著我的筆記型電腦。這個景觀你可以得證：自從四年前，我迷上網路上那叫「臉書」的玩意，每個夜晚我不再讀書了。那些翻開的書，沒有一本我讀完它們，我對它們各自內容的瞭解，全停留在它們翻開的那一頁。這很恐怖，像數百只沙鐘全部靜止，停留在它們各自不同的原本流動時的最後一秒。問題是這些只讀了一半的小說、哲學、分析中國的帝國停滯的科普歷史書、大腦演化的科普書、演化論、量子力學、或我某次靈機一動想重讀而從書櫃抽出《卡夫卡全集》的其中一本、《波赫士全集》

的其中一本，安潔拉．卡特那函裝《焚舟紀》的其中一本，某一位年輕詩人扉頁提了贈詞的詩集，瑞蒙．卡佛的某本精裝選集，聘瓊的某本小說、孟若的某本小說、索爾．貝婁的某本小說、《羅馬帝國衰亡史》的其中一本、柯慈的某一本小說、黃錦樹的某本小說……這些書像鬆塌的頁岩，層層堆疊成一座環形山丘，當然還有我的菸灰缸、菸盒、痠痛軟膏、安眠藥、抗鬱藥、消炎喉片、塞在各處細縫的原子筆，手機充電線、指甲剪、股癬藥膏、或是焦乾的橘子皮。總之，第一隻蟑螂出現時，像是那是牠費勁攀爬，終於到達這片亂石崗、毀棄的金字塔神廟，站在其中一片瞭望臺，牠抖動著觸鬚，像在歡呼或用力呼吸這高地的空氣。我舉起手，猶豫了幾秒，待要拍下，牠已鑽回那亂石陣下如礦井的岔亂地道了。

我只留下一個模糊印象：就只是出現在我公寓裡的蟑螂，好像已經發生（不知經歷幾百代的生死）外型的進化了！以前牠們比較圓嘟嘟的，雖然也是那噁心的深褐色翅殼，一條淡黃的環頸紋帶，尖尖小小的嘴器，但那條紋肚腹和細細肢爪，似乎仍殘餘著三億年前生存至今的身體負擔（那貪婪的進食和醜陋的性交），乃至一露臉，拖鞋啪啦一砸，就是腸肚打爆醬汁流出的死亡形態。但在我書桌那書堆上方出現的這隻蟑螂，是我眼花了嗎？牠的外型似乎進化成，有點像F-22戰鬥機，匿蹤機殼的流線設計，當牠那兩根長觸鬚在我鼻前十五公分處抖動時，我竟不覺得那是一個生物，或是什麼高科技攝影機之類的小玩意。就是牠肚腹的圓鼓感消失了，好像一體成型，只有那戰鬥機展翼的上方外殼。

這之後——我的時間感發生了混淆——大約幾個禮拜後吧，某次我拉開中央主抽屜時（那裡頭是另一種塞爆的亂：有我的記事本行事曆、有一本別人幫我排算的命盤、有一些我從前不同時期的照片，一些可能很重要的信件、合約、更多的筆、釘書機、迴紋針、瑞士刀、膠帶、一張我心愛的女人年輕時的照片），我發現五六隻小瓢蟲般的小蟑螂四散而逃。應該是那「第一隻」的孩子吧？說實話，在那昏暗的光影中，我的眼睛或才從電腦光屏上，某些玉體橫陳美不可言的女人移開，一瞬間的真實物件快速運動的連續視覺跳接，我覺得那些小東西還蠻可愛的呢。

但接下來，也是從某一天做為切點，我在那書桌的「亂石崩雲」之間，拉開不同抽屜的時刻，像是第一隻蟑螂的複製，從上下四方、裡面外面不同的角度，都會遇見某一隻，F-22般未來科技感的蟑螂，我都是手起掌落，瞬間擊斃，但那碾壓擠碎的一瞬觸感，並沒有長久記憶的汁液，或泡膜擠破之感，而像踩碎枯葉，或將某種極精密結構的小玩具捏扁，那種上百細支架同時脆折的感受總和。

但就在這天夜裡，臺南發生了五．八級地震。我是第二天中午睡醒時，才在網路新聞看到發生了這大事。臉書上一片哀悼或祝福的留言。我連忙去看電視臺的新聞直播，畫面上是像電影裡，空拍攝影，一整面倒塌的巨大牆面，穿著軍裝和消防裝小小的人們，像蚜蟲爬覆著那碎裂崩解的傾倒巨石背上，他們拿著切割器，鋸開水泥，想找尋可能困在裡頭的人。還有怪手挖開那些原本是十幾樓高的窗戶的鐵柵。不斷有分割畫面特寫那斷裂的大樓梁柱，在水泥裹覆的內裡，是保麗龍，或是堆疊的沙拉油鐵罐。而且好像這大樓是十九年前建成的，當初的建設公司早就不存在了，記者咬文嚼字說著，「所以可以說，這些住戶，目前是求償無門。」我心裡想：這真是典型的，老派式的胡鬧、荒謬，但最後會在十九年後追索，可是又人去樓空的詐騙啊。他們當初一定沒想到，有一天場面會玩這麼大！那其實並不是級數強烈到九二一、汶川，或日本三一一那麼強烈的地震，這些大樓的倒塌，全部像巨人的雙腳被用彎刀砍斷，那樣直直地倒下。所以並不是我們從前記憶畫面裡的破瓦爛磚廢墟，而是一整大塊大樓像蛋糕那樣歪斜。

我打了個電話給J。因為從新聞上看到，高鐵公司宣布臺北往南的高鐵只到臺中站。也就是恰好要在除夕前一天，數十萬原本要搭高鐵回南部老家過年的人們，全部只能搭到臺中，被傾倒出來，然後各自想辦法從臺中再往南回家。我記得上禮拜J就告訴我，他打算除夕前一天（也就是今天）搭高鐵回屏東老家。

電話那頭，J果然顯得很沮喪。

「早知道昨天晚上回去就好了。」

我們在電話中，像開玩笑想了幾種如何在這種狀況，越過天險，還能趕回家過年的方式。純屬腦力激盪。他說他還是會搭高鐵到臺中，但光想那從車站疏散出來的人潮，要擠上巴士，那畫面就嚇死人。他絕不可能去搭那些巴士，就算擠上去了，你想這些巴士上了高速公路，一定塞在返鄉車潮裡。

「也許在臺中租臺機車吧？」

我提議：如果反向呢？搭普悠瑪號快車，往花蓮、下臺東，再從臺東走南迴鐵路到屏東？他反駁我，這年節時間，回花東的鐵路車票更是一票難求啊。臺北飛高雄的機票也是啊，那些原本乏人問津小飛機艙位，現在可一定被那些有錢人搶光了。

「不能想些突破性的點子嗎？」我說。「水路呢？譬如從臺北先搭飛機到澎湖，再從澎湖搭船到高雄？用曲線的方式？」

「那是否也可以從臺北先飛上海，再從上海飛高雄小港機場？」

我發現我和J這些「如何跳過臺中這個阻塞爆區，跳過去到屏東」的戰術，大腦裡的迴路模式，和那些十九年前把大樓梁柱的水泥裡，原本該是鋼筋卻換成保麗龍和沙拉油空桶的不肖建商，其實是一模一樣啊。

災難、噩夢、虛偽的激情，將謊言圓成一慷慨激昂陳詞的技術，一種省力踩過他人的腦袋或肩膀，成為演化的優勢者、昂貴的場景，這不正是我們置身其中的時代，像那歪倒的大樓，不，歪倒之前的大樓，那樣繁花簇放的朝上堆疊。堆疊著各種華麗、淫欲、激爽的景象。你的身體可以被槍彈射穿而立刻修復；全地球幾十億人中挑選出那少數幾個最美麗的女人，可以供你銷魂；更大量的訊息檔，像蜘蛛網電波，編織進你最細微的神經末梢；你不用耗費那些平庸之人苦熬異化，讓自己身軀衰老才小小爬一格的一生時光，你可以快速得到那人類之前必須成為秦始皇或奧古斯都大帝，才能君臨、鳥瞰的激爽與高度。

這整個過年期間，國軍救難部隊、各地消防局配屬的搜尋隊、警方、民間搜救隊、各路人馬挖掘進入那怪異躺倒的大樓結構裡，死亡人數有二十多個，但失蹤（也就是埋在這死龍屍骸的鱗甲和骨骸堆裡）的人有一百多個。因為是倒下這幢樓將另幢樓壓進地底，所以新聞描述的都是哪一波救難隊挖進哪一區，用生命探測儀找到哪個倖存的人，那個封印的扭曲鋼筋、石塊、結構、整個像蜘蛛巢城，穿著救難制服，帶著照明燈盔的小人兒，鑽出一條條小腔腸，進入那縛困著一枚一枚像白色蠶蛹的瀕死之人或已死之人的超現實壓擠空間裡。過了第三天（所謂黃金七十二小時）、第四天，政府放出風聲說要啟動「大鋼牙」——就是可以直接破壞摧拉剪斷牆面的大型機具——這時還有受困家屬痛罵這些履帶車輪的「大鋼牙」一輾上那些倒塌建築體，埋在下層的人們，萬一原本還活著的，被這些機具弄死了誰負責？但大約到了初四（也就是地震後第六天），這種怕碰傷埋在裡頭一枚一枚熟睡之人的柔弱懸念終於消失，「大鋼牙」們撲上那巨怪骨骸，狂撕猛啃，他們從擠壓的結構裡，挖出一具具屍體，新聞跑馬燈的死亡人數在這一兩天，快速上升至一百人。也就是說，在這封印的四、五天裡，他們已經死了，或正在死去，但被埋在未知之中。

這些時候，會傳出許多悲傷的故事：挖出的屍骸，有丈夫抱著妻子，而妻子再抱著女兒，這樣的連環體；也有一整家族，散在同一樓面不同單位裡；也有搶救出來的媳婦，但除了她，一家八口全數罹難。愈往底層挖，媒體想要抓住的生死存亡掙扎的戲劇性就愈模糊，無法定位、屍體後面的故事性漸次消失，有一個名詞：「粉碎性倒塌」。全部的景觀扭結、混淆、雜亂地揉搓在一起。救難隊想把那些想像成植物球莖的，分枝狀塞在這些擠壓金屬水泥玻璃木材的地獄渣裡的那些人體挖出來。這個挖掘，後來好像不是為了「搶救」（因為人命是一種如許脆弱、過了時間限定就被關機的「懸之念），好像是為了一種集體的，對巨大恐怖的驅祓儀式：我們不能放與我們相同形體的那些斷訊者，讓他們沉埋在那毀滅的景觀裡。好像他們被什麼怪獸吃到肚子裡了。

我又看見那隻F-22蟑螂——啊，也可能不是牠，而是牠那些渾圓可愛的小孩們，終於長大成一隻雄獅，不一隻大蟑螂該有的模樣——牠出現在我的保溫杯杯沿內側，兩根長觸鬚像對著我發出雷達偵測波那樣輕輕搖晃著。我一瞬間——我可能從沒那麼敏捷過，像是演化路徑中，發展出大型骨骼、肌肉、大腦與靈活的手掌的靈長類；和一隻昆蟲綱的造物，競賽這短短距離內的速度——用右手掌蓋住那杯口，將它封在裡面，然後捂著這保溫杯，三步併兩步跑去我那小公寓的浴廁，那浴缸裡放滿水，我將那杯子沉到水面下，在水中將手放開。於是那隻從玄武紀就存在地球的，在演化意義上進乎完美的機械感昆蟲，便在那水中掙扎，我怕牠浮出水面揮翅飛走，所以不斷把牠往水底摁。同時我另一隻手去拉開水龍頭的熱水，讓這浴缸中的水逐漸變溫、變熱、變燙（當然那是十分鐘後了）。那隻F-22蟑螂死狀甚慘，像炸開的某種梔子花，翻出層層翅翼，也弄不清它算是被溺死，或是燙死。

這一次，當我滅殺這隻F-22蟑螂（牠到底是哪一隻？我該給牠們編號或取名嗎？）之前，我正在寫一封絕交信給我一位多年好友。當然我是在我桌上那臺筆電的YAHOO信箱的寄信匣打字寫信。這位好友可能有躁鬱症，約隔個半年周期，會寫一封信來攻擊我。對了，她是個美麗的女人，也相當聰慧，所以她那些攻擊我的語言，充滿哲學思辨，或一種近乎神祕主義的激情。有時她痛罵我的媚俗虛偽，有時她像幻影蜃樓言之鑿鑿說我在我們共同的朋友圈弄小團體孤立她……。通常我收到她這些充滿強酸惡意的信件，會在震怒的情感稍平撫後，用一種哀傷的風格寫一封絕交信給她。

但通常過一陣子後，她又像沒事一樣，又寫信給我，嘻笑調笑，或問我對某一本誰誰的新書的看法，或告訴我最近哪一部片子很棒，要我一定要進戲院看……。

像是之前，她那把我罵到比不上一隻細菌的狂暴之信；和我之後回覆的絕交信，都如風中微塵，沒有發生過一樣。

然後再過了幾個月，或半年後，我沒有心理準備了。她突然又來一封惡毒、暴力的信。然後我又頭疼不已地在電腦敲打鍵盤，回一封絕交信。

這次，就是當我看到那隻F-22蟑螂的雷達觸鬚，從保溫杯沿口伸出時，我剛收到她一封像徹夜失眠，沉痛而嚴肅，把我之前所有寫過的書，以一種迴旋翻轉的方式，徹底否定（那已是羞辱了吧）：

「……你最大的問題，就是從你第一本小說到現在（第七、八本了吧），全在重複。我不明白別人看不出你的這種重複的伎倆，那就算了，但為何你自己卻對這樣喜劇演員在上百場同樣的模式，躲在舞臺將要在掌聲中衝上前臺，那個重複的，近乎死，或僵屍的重複，樂此不疲呢？」

我回信給她：「這是不可能的。」

幾天後，另一隻F-22蟑螂，從我拉開的書桌右邊第二格抽屜竄出，牠它竟然鑽進我右手衛生衣袖口，那一瞬我感覺好像有水流逆向朝手腕上流，其實是那細細足肢上無數鬚毛，在一種快速撥動中，非常溫柔的觸感。我一個直覺反射把手肘往一旁牆上一擊，沒有醬汁感，很怪，還是像一只精巧的合金做的小玩具（哦比較像枯葉），被砸扁了飄然墜下。同一天，我在一本同樣翻開蓋在其他書之上的《隱蔽的上帝》的覆影下，又發現一模一樣的長長雷達觸鬚，這次我快手捻住那觸鬚，左手在桌面上抓起一隻筆，像釘槍那樣的力道，用力擊穿牠的肚腹。還是沒有那些內臟稀爛爆開的印象，而只是將一微細結構壓垮，一種複雜精微的碎裂感。我將牠丟進垃圾桶時，沒有看到前一隻的屍體。難道牠們都是那第一隻F-22的幻影，分身，（重複？），不完全品……

我在心裡回信給那個好友，我的第一本小說，是在練習我掌握不了狀況的現代小說的一些讓年輕的我目眩神迷的技藝；我的第二本小說，則是想試著抓住我們這解嚴時代的抒情性；我的第三本小說，開始練習把一個「聽來的故事」用賦格的方式展開；我的第四本小說寫的是一個像彈簧機關打開，遊樂園過山車隧道布置的家族史故事；我的第五本小說寫的是我父親在異國旅行，腦爆了，進入死亡時間的故事；我的第六本書，寫的是一個如煙消逝的兩百年帝國；當然我還出版了幾本，許多個短故事串成的「書」。唉，如果妳像我這樣，把一生最黃金的時光，全交給寫小說這件事，妳怎麼可能會對我用出「重複」這個判語。

但我又隱隱覺得，她說的可能是真的。不是我這個人的問題，而是「重複」是否是這門技藝的宿命，或精神？這之間，我又抓到一隻F-22，將牠塞進一只圓筒狀封蓋有小護士肖像的曼秀雷敦軟膏裡，我想一年後再旋開封蓋，牠應已成為一油膏標本了。但我又懷疑，這隻F-22是否狡詐地以牠的「一閃而逝」布下陷阱？無論我如何改變，充滿殺戮之創意，我還是無法改變，牠從我書桌各結構的陰影中出現，我的大腦一定啟動「將牠撲殺」之機制。我想過再抓到牠或關進一透明保鮮盒，將之放進冰箱冷凍室，我想像拿出時牠周身覆上白霜，看不出死亡已發生的完美樣態。但就算我想出火刑；斬首；將牠各細肢用細線綁住朝四面八方各綁一只動力很強的發條小汽車，將之五馬分屍；或為牠做一小毒氣室，對裡頭狂噴剋蟑；或絞刑；用釘書機釘死在某張紙上；用老鼠炮纏綑引爆將之炸成碎片……無論如何，都跑不出歷史上所有劊子手對行刑殺人的想像力迴路。

除非我變成牠（這有人弄過了），愛牠（有人弄過了），將牠和牠的孩兒們遷移到永遠不會被殺的世外桃源（有人弄過了），或有一天我的公寓窗外出現一超巨大之蟑螂阿祖（有人弄過了）？所以這件事必然重複於：有一絕對弱者，你絕對可以將牠毀滅，且毀滅的方式有無數種選擇。結局就是你毀滅牠的生命，繼續回到你的人類時間。牠從奔跑，快閃，到被你擊中，死亡。在這無限時光的殺戮遊戲中，牠唯一能與人類對抗的，是最低維的重複：繁殖，拓印，創造無數分身，將你扯進牠的低維，無法創造的，殺牠的重複動作。沒有一個人類，在他臨死之際回想：「我這一生，只殺了一隻，唯一的那隻，不可取代的蟑螂。」他們總是記不得自己殺了幾百隻吧，但好像是同一件事的，那小小的醜怪的，繁複意義的否定。除非我幫牠們設置一個有摩天輪、雲霄飛車、旋轉木馬、過山車的蟑螂遊樂園；有蟑螂電影院；蟑螂酒吧；蟑螂議事廳；蟑螂雪茄店；可以將蟑螂烤漆成長頸鹿花紋、豹紋、斑馬紋、櫻花或向日葵圖案、黑色系或白色蕾絲系的時尚換裝店；蟑螂醫院（譬如有「觸鬚科」，「翅鞘科」，喔，想想蟑螂的「腸胃肝膽科」，「泌尿科」）。牠們之中必然會隨著演化，出現蟑螂大祭司，蟑螂國王，蟑螂大將軍，蟑螂皇帝，最後出現蟑螂總統。很可惜，如果有第一隻蟑螂開始思考「蟑螂做為一種重複的本質」，也許我可以告訴那美麗的女人，「讓我上妳一次吧。」當然那一切終歸還是重複。如果妳可以一次懷上三十隻，有著我們基因重組排列的小嬰孩，他們快跑，亂竄，尖叫咯咯笑，然後一一被不同的方式擊殺，血肉模糊。如是重複（我重複地抽插妳，妳重複地呻吟），有一天在我們各自死去之前，一定有某一次，某一瞬，它逃開重複大神的眼皮，滑過那條邊線，進入獨一無二，沒有任何人能舉證其之前出現過的，那個不重複。

*L'abécédaire de la littérature*

字母會

重複

*comme Répétition*

胡淑雯

臺北的春天壞起來的時候，可以連下十幾天的雨，比冬雨還陰。雨淋得人心慵慵，房間起皺，連地板都腫了起來。地板在夜深人靜的掩護下吸收了輾轉難耐的時間，惡戲般變形，突起，暗算睡不著的人，小羽就是這樣摔跤的。隔天中午竟出了太陽，那陽光還出奇盛大，給人豔麗之感。就算沒事，也要出門去。帶著節慶的心態，人就風騷了起來。小羽打算去看醫生，檢查她的腎臟，後腰隱隱作痛的感覺已經好幾個月，半夜這麼一摔，加上正午的豔陽，讓她擺脫了拖沓的心態，決定把事情弄清楚。

出門搭車，路經一處建築工地，見到十幾個工人在路邊野餐。他們蹲在圍籬外窄窄的人行道上，面向車流廢氣與塵埃，捧著便當，膚色黑亮，是來自東南亞的外籍工人。小羽想要偷看人家，於是放慢了腳步，給自己時間去看，同時，就是給對方時間去看。他們看著小羽路過，一截短短的人行道，被十幾人的集體目光收緊了，小羽一個人的路，就地變成十幾人的路，目光推擠著目光，陽光因而更刺眼也更灼烈了。小羽不好加速離開，這樣太沒禮貌了，最好維持原速或再慢一點，時間壓縮、變慢，路就變長了。其中一人打破了沉默，冒出一聲「你好」。那聲音不像調戲也沒有嘲弄，軟糊糊怯生生的，像是在練習中文。若要說這句話只是練習問候那麼簡單，又不盡然。這種想法太衛生了，不符合街道的邏輯。從他目光中流轉的焰火，小羽知道，那一聲「你好」是向著她的短裙而來，也就是，向著小羽的性別而來。自此，「你好」被安上女裝，成為「妳好」。語言可以軟化時間，也可能僵化時間，十幾個用餐中的男子捧著便當，在暖陽裡凍結著，等待小羽的反應。直到小羽也說了「你好」，眾人面面相覷，墜入鬆落的笑聲裡。忽而天降靈感，福至心靈，小羽撩起短裙，讓皮膚大片大片歡鬧於擴張的遊戲之中。異鄉的生活有多苦悶，他們的笑聲就有多不確定。至少，陽光成為他們與小羽的，共有的禮物——慳吝的冷雨中例外得出奇的，慷慨的夏日。

醫生問診後，以超音波掃描小羽的腎臟。「看起來沒什麼問題……」造影探頭在小羽後腰的皮膚緩緩滑行，時而定駐。「是嗎？為什麼我會感到疼痛呢？麻煩您看仔細一點。」「嗯……」醫生在探頭上追加了厚厚的凝膠，一沾上小羽，皮膚一顫，寒毛就豎了起來，凝膠像冰，探頭是醫生冰冷的觸鬚。「妳的腎臟很光滑，很漂亮的，連一顆水泡都找不到……」那我這兩個月是在痛什麼呢？小羽問。「我幫妳看看肝吧……」這個醫生很年輕，研究生模樣，說話帶著口音，想必是香港人。這所中型的市立醫院，港醫特別多。看了肝，肝很漂亮。再看膽，膽也漂亮。醫生描述臟器的口吻，像是在品鑑器物似的。這種將身體物化的風格，是由專業架構而起的，語言的安全閥。

神祕的疼痛依舊無解，小白袍大方提議，「要不要幫妳看看子宮跟卵巢？」這並非他的專科，照理說是犯規的，但小羽說好。這純然是一種貪小便宜的心態，類似買一送一，即使不太需要，依舊捨不得不拿。小羽拉低內褲，讓冰涼的探頭滾上來，在自己的下腹游移。小羽知道自己跟著小白袍一起犯規，形同共謀，於是更加專注於觀察他的眼睛，與那張被口罩遮住的臉。觀察他是盯著螢幕上的造影，還是她的體膚。「子宮壁很光滑，很漂亮……」小白袍說，「卵巢也沒看到問題……」小白袍的雙手很乖，沒有觸碰她一秒一毫，別說指尖沒犯一點閃失，連眼神都不見一絲滑脫。就像在融化中的冰面上行走，不容踩錯一步或多踩一秒。醫生真是一個危險的行業啊。假如把患者惹毛了，光是濫用超音波這一點，就能把自己弄得灰頭土臉，小羽簡直要同情他了。倘若是為了貪看女體，那他還真是冒了風險的。

小羽童年時期，某個夏天，夜裡洗澡過後，總感覺浴室的窗子鬆脫了，滑出一道窄窄的縫。一天，兩天，三天過去，每次沐浴都確切拉緊了窗子，事後卻見它一再鬆脫。不是風，不是貓，也不像木結構老化導致的彈性疲乏。第四天，家人在小羽沐浴時，埋伏於防火巷的暗處，逮到了那個人。小羽套上衣服奔出去，見到那人被圍困在囂囂的辱罵與凌亂的踢打之中。當那人終於脫困，起步離開，小羽發現他是個跛子。

小羽記得那一晚，混亂與叫囂過後，她獨自折回幽暗的防火巷，想要看看那人怎麼立足，怎麼偷窺。浴室的通風窗開在高處，像他那樣的矮子怎麼搆得到呢？黑暗的防火巷瀰漫著各家廚房油垢的氣味，加蓋的下水道裡藏著老鼠與蟑螂，有漂白水的腥，也有洗髮精惡俗的香氣。小羽看見浴室窗邊，外牆底部，堆著一疊紅色的磚頭，那是跛子搬來將自己墊高的工具，是他為偷窺進行的勞動。小羽踏上去，墊起腳尖向裡望。通過那道被拉開的窄縫，只見掩下的百葉窗，伸手撥開那些扇葉的橫條，只能勉強看到洗浴者的頭頂或肩膀。夏夜的蚊蟲攻擊著汗流浹背的皮膚，小羽在跳下磚塊的時候，踢中了一團異物，仔細看，是一隻扁擔。那是跛子挑磚的工具。為了完成偷窺，也為了掩蓋事證不被發現，他每晚到附近的工地將磚塊挑過來，再挑回去，為了偷看一個八九歲的，還沒發育的女孩洗澡，每晚扛著沉重的磚頭，來回跛行半公里。

從那一刻開始，在小羽的觀念裡，每一個像他那樣的人，都是跛子。他們是各種各樣的跛行者，踏著清晰可辨的、異樣的步態，留下可疑的腳印，跑不快。要嘛自投羅網，要嘛事敗被捕，就算事成了要脫逃避罪，也會讓健全的好人自四面八方追捕到案。

上個月，小羽就抓到了一個。她在公車上遭遇陌生男子的偷襲，大聲訓了那色狼一頓，叫他下車離開。對此，旁觀者紛紛表示不以為然，直說這是縱容，有人向小羽抗議，譴責她沒有負起「女人」該當的責任。圍觀者高亢的義憤，讓小羽更加確信：這種人不如想像中可怕。他們在高風險的環境裡犯罪，一旦失手被揪了出來，陌生人自會一湧而上。群眾認為，最正確的做法是，把人逮進警察局，給他一個前科。但是小羽做不到。她無法誇大自己的感受，演出眾人期許於她的，恐懼、驚駭、受傷。實情是，她覺得那色狼很可悲，而整件事很可笑，下車後她打算去買幾張彩券，試試今天的狗屎運。小羽既不驚恐也沒受傷，在這種情況下奔進警察局，向官僚討公道，對小羽來說很不自然，簡直矯情。倘若小羽在事發時感到顫抖，那顫抖不是出於恐懼而是荒謬。這荒謬包括那男人的荒謬，以及，圍觀者的荒謬。對不起，小羽甚至要向旁人道歉，為自己之「不感覺受害」表示虧負。她打擾了別人，無法滿足他們的正義感。因為無法將自己安適地置入「受害者」的席位，小羽彷彿成了姑息者，背叛者。是誰說，以當事人的感覺為主的？小羽在心底喃喃自語，請將這些席位讓給別人，讓給有需要的人。請容許我自居「例外」。

公車上的小羽之所以不感到害怕，主要是，那是一個公共場所，比密閉空間開放透明，於是也安全得多。陌生人對小羽的強制力，比起熟識者，根本不算什麼。這種沒用的男人，有什麼好怕的呢？但是旁觀者說，這種人是禽獸，甚至連禽獸都不如。想來那陌生男子出手觸摸陌生女子的一刻，那絕對的瞬間，恰恰就像一頭動物吧。赤貧如動物，除了摸上這一把，不知還能再做什麼，再索求什麼，滿足或失去了什麼。在公車裡隨機挑上一個異性，偷襲她的身體，得到了常人無法理解的收穫，形同一無所獲，動物般赤貧而凶猛，在人性裡流亡，流亡至人性的邊緣。這種人傷不了誰，小羽是真的這樣想的。就算小羽錯了，然而這是她之所以不生恐懼的理由。這想法保護了小羽，讓男子不乾不淨的意圖——無論蓄意、不經意、還是惡意——自小羽的身體滑脫，不沾不黏，無法弄傷她，也無法糾纏她。小羽興味盎然經受著此刻的荒謬，就像小孩經歷某些費解的遊戲，過程也許有點髒，也許沒品味，也許發出異臭，還帶著一點暴力的煙硝。但是親愛的，小羽問著自己，妳打過泥巴仗嗎？妳玩過爸爸媽媽的遊戲嗎？妳舔過自己的腳趾嗎？妳玩過壁虎的屍體嗎？妳曾經摔落臭水溝，或一潭不潔的湖水嗎？……骯髒與輕微的暴力，有時候，會帶來奇異而陌生，實則熟悉而令人安心的喜悅，不是嗎？像童年一樣，像遊戲一樣，像一顆發出異臭的寶石。

公車上的男人也一樣，一樣不懂自己怎麼會這樣。在自己發動的偷襲中，意欲掌控同時不斷失控地，獲得或失去了什麼。就像小羽，在這個意外的遊戲中，通過喪失而得到了什麼。那是一種無可名狀的，匿名的時刻，彷彿落入海洋深處，無法言語，與對方面面相覷於驚愕之中。

眾人將這樣的人叫作「變態」。在公共場所對陌生女子遂行隨機的性接觸，叫作「變態」。這種句法是否暗示著：在私密的場所，對認識的女性遂行特定的性接觸，反而比較「正常」？

「變態」是什麼？這個詞令小羽不安。這不是她可以信任，也不是她感到親愛的語彙。在「正常」堅守的話語秩序之中，小羽落入緘默。環繞著主要斷言——「這是變態」——的二手斷言倉促就位，將模糊卻凶猛的惡意，過渡到字詞裡面，對人施暴，對「變態」施暴。小羽對「變態」一詞的戒心，令自己成為「變態」的盟友，一個為「變態」辯護的，同流者。

小羽無法忘記那個跛子，他逃跑的身姿如此倉皇混亂，緩慢得像是蓄意延長羞辱，看起來太可悲了，反而顯得猥瑣，愈見下流。然而，脫落自那歪扭身姿的每一種「怪」，每一種「醜」，無一不是為了取得平衡，為了勉強站立，為了好好行走。小羽知道，並不是每個人都像自己那麼幸運，可以得到一副好身體，足以健康地奔跑，挺拔地步行，漂漂亮亮地追求漂亮的人。肢體的殘破令跛子逃得很慢，自知犯錯而來的卑劣感，則讓跛子變弱、變乖，在這種犯罪情節裡，「變態」的罪人取得原諒的唯一方式，就是接受當頭而下的拳腳暴力與辱罵。

眾人拳打腳踢，並不追問他的姓名、住所、與職業，只管叫他「跛腳的」。跛腳成為本體，成為他的名字。那個晚上以後，小羽再也不曾見過他了。這不是他第一次遭到放逐，也不會是最後一次。

跛行者並不可怕。可怕的是正常的人。比如最近，小羽遭遇了一件再正常不過的事，這件事，涉及了一個再正常也不過的人，姑且叫他「銳」吧。銳是小羽的客戶，小羽負責向他的團隊提案。見過兩次以後，他在下班時間約小羽會面。接到他的電話，小羽感到意外，心底是驚喜、雀躍的。他在業界才氣很高，備受敬重，權力很大。小羽用心打扮，緊張得像是赴一場約會。他是一個充滿魅力的，好看的男子。見面以後，小羽發現他無意討論提案的作品，而小羽簡直是在陪他喝酒聊天。這是約會嗎？就當是約會吧。只可惜，兩度的約會過後，小羽對他的話題一點也不感興趣，那些紅酒的履歷，雪茄的事蹟，威士忌的壞脾氣……。勉強再見一次，小羽確認這人不是她想交往的對象，接受了他的吻別，也回敬了一個吻，此後，不再接受任何私下的邀約。工作照舊，提案照常，開會時自然碰面，如常交談。但是，小羽的提案被否絕了，修改過後遭到再次否決。至今，小羽經手的提案，一件也不曾通過認可。老闆說，對方認為小羽才氣不夠，建議小羽退出。

小羽可以提出異議嗎？她還能跟誰討論這件事？就算此刻，當下，小羽以「電報體」書寫事情的始末，簡潔而不帶任何情緒地說出這件事，仍不免感到恐慌。唯有隱匿對方的身分，她才能保護自己。小羽知道，自己一旦開口陳述，就會陷入艱難的道德陷阱——難道妳在指控對方追求未果，對妳施以專業抵制？

小羽沒有證據。除了對方在一天內打來的九次電話。而這又能證明什麼呢？小羽一旦開口，就成為一個可笑、自戀、往臉上貼金的女人，或者更不堪的，對客戶妄生情欲幻想，絕望、自欺，到處投訴的蠢蛋。

一旦訴諸語言，這件事就不存在了。

小羽可以輕易擺脫公車上的陌生男子，擺脫他對自己的影響力。但是小羽無從擺脫那個人。至今，小羽依舊匍匐於那個人的勢力範圍，勉強證明自己無從證明的，才氣、專注、膽識、說服力。

那個人不是變態，他很正常。而小羽之所以陷入無語之境，正因為他一點也不像，不像那些可笑而絕望的「變態」。他沒有做出眾人不許之事。「變態」的罪行孤獨得像棄子的呻吟，那個人的行為則冷靜得像一份成熟的表格，天衣無縫。他豈止沒有犯罪，他是一個魅力無窮的男人。即使小羽感覺自己受害了，也無從坐上「受害者」的席位。有時候，小羽還真希望對方確實動手侵犯了自己，如此，至少還有一份證詞可說。

關於那個人，另有一件不太要緊的事。最後一次見面，他不只一次暗示小羽，假如她跟了他，假如她聽他的話，假如她讓他滿意，他會給她相應的禮物：機會、成就、金錢，名氣。小羽心裡的變化就發生在那一刻。那一刻，小羽對他僅存的一絲、最後的、愛情的餘火，就是這樣熄滅的。小羽不可能把自己的心，交給這樣的一顆心。

與其跟那個人應酬，小羽寧願返回今日中午，那豔麗的春陽裡，跟扒著便當的陌生男子開玩笑，將光裸的皮膚，交給大片的陽光。其實小羽也沒做什麼，不過是撩起裙襬，尷尬地大笑幾聲。也許她粗鄙了點，三八了點。是的，她實在有點貪玩，隨性把握那一分鐘的機遇，跟一群工人相互調笑，抹去異鄉的荒蕪。捨棄明快、清醒，捨棄對錯與光明，不懈地滯留在資質駑鈍的困惑與不安之中，就像童年一樣，一樣赤貧而慷慨，一樣不確定。

*L'abécédaire de la littérature*

字母會

# 重複

*comme Répétition*

黃崇凱

她問男人知不知道一個叫作阿拉爾庫姆的沙漠。他沒聽過。桌上的咖啡都涼了，他們坐在喧囂的連鎖咖啡店沙發區，面對面，在不大容易進一步靠近的距離中沒有話。她昨天聯絡他，他們從沒斷了聯繫，只是不通訊息、不怎麼關心彼此近況。他們都在模模糊糊間，不要知道對方太多事。那總難免往心裡去，忍不住要想。

男人等著她什麼時候再開口。他們彼此對望，旁人看來可能會覺得是正在冷戰的夫妻，只有他們這一桌被靜音切割隔離。他忍不住問，近來好嗎。她不說話。他舉杯啜了口咖啡，才被提醒似的感受到冷咖啡的苦澀。時間像是忽略了他眼前這個女人，她的模樣就跟十多年前差不多，除了法令紋稍微深了些，其他部位幾乎都一樣。沒記錯的話，她是158公分，45公斤，C罩杯，左眼近視450度，右眼近視400度外加100度閃光。男人自慚起來，髮線棄守、腰圍膨脹，完全就是可以放在教科書當中年大叔的範例模型。

「都坐了半小時有了吧？」

她調整目光，瞇著眼對準男人的雙眼說：「你是不是忘記了？」

「忘記什麼？」

「這你說的，你說：假如妳到五十歲還沒有伴的話，不如就跟我在一起吧。」

男人想了想，似乎真對她說過這話。問題是，這話他至少跟三個女生說過。第一個是國中時候喜歡的女生，跟她的約定是三十歲；第二個是退伍剛工作的時候認識的一個工讀生，跟她的約定也是三十歲；第三個是現在的太太，一樣跟她約定在三十歲。他們沒受什麼阻礙地就在那時結婚，之後生了兩個孩子。那麼男人說這話的時間點，推測在婚後十年，那時她三十二歲。

「今天是我生日喔。你要送我什麼？」

他下意識端起咖啡杯，張嘴正要喝，突然想到這一點也不好喝，又放回桌上。她的咖啡杯從頭至尾沒拿起來過，任由杯中奶泡鬆垮坍塌，逐漸被室內冷氣吹涼。從他的角度看過去，是她交疊的膝蓋，裙襬，窄版的短衫，兩隻細長的手臂，前臂鋪著薄薄的汗毛。她仍戴著無框眼鏡，搽著淡妝，短髮，且將髮梢塞在耳後。一條細細的項鍊隨著頸子、鎖骨略有彎曲。

他一向喜歡年紀比較大的女人。從來如此。年少的十幾或二十，一兩歲的差距就像隔著淡水河遙遙相對八里和淡水，有機會搭著渡輪跨越，總使人興奮。隨著年齡日增，一兩歲像是零錢，有時多十歲就跟多花十塊錢一樣沒感覺。他近四十的時候，最喜歡的女人是在家附近的早餐店打工的越南大姊。也因為她，早餐的選擇出現越南咖啡跟越式法國麵包三明治。男人總點越南套餐，在等著咖啡慢慢從錫製滴漏慢慢落下，覆蓋杯底的煉乳之間，跟阮大姊說幾句話。可能知道他在高中教書的緣故，她不時會說到正在讀高中的女兒，抒發操煩。

他以為感情就像課程得循序漸進，但阮大姊毫不廢話。某天她傳來訊息說要談談，結果一見面就上床了。事後她說，歹勢捏，我實在沒空談戀愛，這樣比較乾脆。男人喜歡聽她語尾微微上揚的音調，也喜歡她這樣的坦白直接。她說，算起來，也許可以說是逃跑的，因為實在受不了待在嘉義鄉下，守著沒有生產力的老公、沒有產值的田地，忍了十年實在不想忍了，就去找同鄉姊妹，四處打工，一路進了城。後來才把女兒接來上學。他喜歡阮大姊口中的故事，沉重的跨國婚姻和弱勢家庭墊著輕輕柔柔的語音，不帶什麼重量的情緒，一切都過去了，封存在心裡，只留下她一身柔軟舒適的軀體。他們小心而低調地見面，維持了兩年的關係。

直到阮大姊說，小周，我得回家照顧老公了，小妮要去上大學了，我沒辦法再留在這裡。我得回去了。

他想那時大概也跟她約定過，假如她五十歲，老公不在了，就來照顧她。阮大姊笑了笑，說小周你不要開玩笑了，你自己家的小孩還在上學呀。

沒多久，男人就勾搭上了她。那時新學期開始，教學組長領著她到他面前吩咐，周老師，麻煩你帶這位新來的兼課老師林小姐熟悉一下環境。那時的小林就跟現在他眼前的女人是同一個，只不過她正在索求生日禮物。

他能送給一個五十歲的女人什麼而不會讓她失望呢？
「那走吧。」他伸出手讓她握上。她笑開了。

男人兩年前從學校正式退休的隔天，被周太太拉著一起到戶政事務所辦理離婚。他們就近找了常駐在裡頭代辦機車強制險的業務員做見證人，簽了字，結束二十六年的婚姻。要說有什麼特別的感覺，也說不上來，只是眼睜睜看著這些發生，像在看別人的事。周太太說，你自己做了什麼自己最清楚。在你找到房子前，家裡還是給你住，你的東西拿不拿走都可以。於是他到處看房子，最後找到從前阮大姊待的早餐店樓上的出租套房。

兒子跟他說，爸，不要怪媽，她真的忍了很多年。

女兒看也不看他，哼，男人！

結果就是他們一家四口住四個地方。女兒跟男友同居，兒子在另一縣市上班，周太太待在原來家裡，據說天天忙著上課，學日文、書法、插花什麼的。他真慶幸大家都算健康，各有各的生活，即使不住在一起，他知道他們會把自己照顧好，就像他們知道他不會虧待自己。他回想，哪段往日時光我最懷念？想來想去還是大學時代。那時他像個敗家子揮霍著自由，課愛上不上，沒有打工的需要，整天鬼混，租漫畫、看小說、泡二輪電影院。或許是逐漸明白這樣的悠哉日子不可能長久，就更把握機會任性過活。考研究所也是為了拖延出社會的時間，賴了四年，且在最後一年交上後來的太太被半逼著修教育學程，接著一關一關挺過去，成了高中教師。

規律的生活，特別容易壓縮成一天，每個明天都是今天的複製貼上。就這樣，他慢慢老了，孩子漸漸大了，某些想法再也不可能實現了。有時還得稍微克制看見那些年輕肉體不小心硬起來的欲望。幸好他喜歡的是中年女子粗壯的小腿肌肉，厚實的胸背。例如阮大姊。這是為什麼他終於沒有抑制地迎向她：那時候她的小腿和胸背就是尚未死盡的可能性化身，他想保有這麼一點點微弱的希望。雖然同時預感到這希望，也將在日後某個時刻消滅。

男人想的是，為什麼就是無法對妻子忠誠？他就是忍不住。阮大姊或許可以說是意外，但林老師的遞補又像是必然。她們的存在事實，在在促使他不斷意識到身分的切換。他在老師、丈夫、父親三點間往返，每個身分都與她們不相容，不管哪個身分都有偷偷犯規的刺激感。

阮大姊跟小林就像他有時教國文、有時教公民一樣，科目不是重點，怎麼教才是。她們誰跟誰的區別不大，而是透過她們確切觸碰到概念的、抽象的偷情。如果沒有實踐，許多詞彙就只是詞彙，只有產生行為，詞的意義才能固著下來。「阮大姊和我」、「小林和我」形成彼此的變奏，前者發生的時序較早，時常被拿來與後者比較、對照。但後者同時也在一邊模仿一邊清洗著前者。她們是完全不同的人，他跟她們的相處亦隨著調整。就像一個老師的課堂依著不同學生的反應而產生相異的效果。他很高興若干年後，還可以跟老學生牽手。小林握住他的手，起身，像戀人一樣，移動到她的住處。

一進門，男人看見兒子坐在客廳沙發，臉色略沉，輕輕喚了一聲爸。他看看室內四周，兩房兩廳附陽臺的公寓正適合一對戀人生活。

小林倚坐在他兒子身旁：「是我自告奮勇去找你的，醜媳婦總要見公婆吧。」

兒子練習好似的接話：「我知道你們大概會對小林的年紀有意見。」

他覺得焦渴，喝乾了眼前的杯中水，看著他們。

「小林說跟爸在同一所學校當過一陣子同事，所以我才想說或許讓她先跟你碰面會比較好。」

「你媽那邊怎麼辦？」他問。

「我會找時間跟她提。」接著兒子拿出一張結婚證書，請他在見證人欄位簽名。說是打算趁今天小林生日，晚點要去登記了。

「就這樣？」他簽好名字。

「就這樣。」

小林大多安靜待在一旁，親暱地抓著他兒子的手肘。他恭喜他們，也祝小林生日快樂。

下樓離開後，男人走到附近的捷運站，像個久渴的人就著廁所水龍頭咕嚕嚕喝水，灌了一肚子。他把自己關進隔間，呆坐在馬桶上，想起阮大姊，想起那時候的小林，試著喚醒那些畫面。沒用。

他回到空蕩蕩的家，像個展示廳的曾經的家。他翻出抽屜裡的家庭相簿，陳年的氣味飄散在空氣中，忘了多久沒看過這些老照片。妻子總會把家裡收拾得整齊有秩序，一如手上的相簿就從他們的結婚照做為起點，隨著時間一一擺入兒子、女兒。因為才見過兒子，看著他剛出生時紅紅皺皺的嬰兒照，腦子內總自動浮現「我們竟然變成表兄弟了嗎？」這樣的旁白。他像從沒仔細看過兒子那樣檢視著每張有他的照片，看有沒有跡象顯示他日後會愛上一個大他二十多歲的女人。當然看不出來。相簿停在兩個小孩上大學時的花東旅行。一張在磯崎海邊的四人合照。算算差不多十年以前了。他闔上相簿，收回抽屜裡，在家裡到處走走看看，一切都很熟悉，卻連呼吸都小心翼翼，像個小偷。他拿起妻子放桌上的日文課本，夾了好幾張五十音手寫練習紙，感覺滿認真。她似乎每天都排滿課程，要不就寫作業，要不就班上同學聚會。以往從來不覺得她有這麼勤於學習，接下來大概就是要去日本深度旅遊了吧。

樓梯間傳來腳步聲、開鎖聲，他以為是妻子回來，開門的卻是女兒。他們對看，點點頭，她轉身關門、脫鞋，換穿室內脫鞋。

「怎麼回來了？」

「拿點東西。」她像是看見什麼髒東西急著迴避，逕自進房間。

男人起身換上外出鞋，準備離開，喊：「你哥今天結婚啦，記得恭喜他。我走啦。」

女兒跑出房間，「你看過他那女朋友嗎？」

「不錯啊。」其實何止不錯，身材也很不錯。不過他當然沒那麼說。

「你不反對？就算她大哥那麼多？」

「這哪有什麼。」

女兒長得跟她媽有夠像，彷彿重現了他剛認識周太太的那時候。生殖是這樣可悲的事：他們這種平凡人總想藉著生殖，讓自己接近創造，到頭來產出的卻是另一個版本的平凡人，而且那麼像自己。一如兒子像他，像到竟然在同一條陰道狹路相逢。

他在捷運站地下街走走停停，翻翻書、翻翻影碟，在便利商店隨手抓了半打啤酒，喝得臉有些熱。他又晃回去那個家。門開到一半，就從內側打開了，周太太穿著睡衣，似乎疑惑著為什麼他渾身酒氣出現在家門口。他將周太太推向沙發，猛地壓上她，挪出手揉捏她的肉，周太太有如死魚承受著他的重量，一點聲音都沒發出。他像個粗漢使力撕裂她的睡衣，那具衰老、發胖的多肉女體裸裎坦現。周太太突然打了他一巴掌。

他的臉頰熱辣，酒意全消，跌坐在地上，癡呆看著周太太。她又在他背上踹了一腳，罵罵咧咧地往房間去。他躺平在地上，突然不知道自己為什麼在這裡。天花板的日光燈讓他的眼睛瞇了起來，一道陰影貼過來，周太太換上另一套睡衣，遮蔽光線，俯視著他。周太太蹲下脫掉他一身衣服褲子，讓他赤裸躺在冰涼的地上，幾乎可以聽見自己的冷顫。迷糊之間，有個溼熱溫暖的腔口圈圍了他的陰莖。周太太在口交他。因為太過舒服，很快就射了。她說，我不想做，自己去洗一洗。男人繼續躺了幾分鐘，周太太踢踢他的腿，叫你去呀。

他鈍重地支起身體，緩慢起身，扶著牆走到浴室。沖澡的時候，想到有好一段時間沒在這個位置洗澡了。他抹著肥皂泡，沖掉一身黏膩，水和泡沫旋轉著流入排水孔，打嗝似的拉了一長音。這熟悉的聲音讓他想起不對勁的事：妻子的口交技術怎麼突飛猛進了？莫非是那些日語班、書法班還插花班的同學……他不願再想下去了。澡洗完，精神多了，周太太還在看韓劇。他在一旁把衣服一件件穿回去，給自己倒了一杯水，坐下。她的視線仍在螢幕上。

「阿志來找妳沒？」
「晚上見了。」
「這樣好嗎？」
「你都簽字了還有什麼不好。」
「心裡也不反對？」
「你有沒有斷乾淨自己清楚。」
「阿志知道嗎？」
「最好別去想他知不知道。」
「那——」
「你想說嗎？去跟你兒子說啊！」她瞪著男人。
「沒有、沒有。」
他像個小學生尿急又不敢舉手跟老師說要去上廁所那般，低低看著自己放在大腿上的手。電視傳出的國語配音令他受不了這種沉默對峙，沒待多久就離去。他回到早餐店樓上的住處，小小的套房，還沒累積出存在感。但他真是累了，衣服沒脫就睡下。

這次是男人把小林找出來，同樣的咖啡店，同樣的座位，她同樣沒動桌上的咖啡。當他問起她這些年的概況、問她怎麼跟阿志在一起，她有問必答。

「阿志第一次說那話的時候真是嚇到我了，他跟你說了一模一樣的話，都說等我五十了要在一起，要好好照顧我。這孩子真的做到了。他真的很固執喔。」

他頓了一下。不想繼續這個話題，問她：「上次說的什麼沙漠，那是在哪？」

「那個呀，就是以前的鹹海。你不覺得很奇妙嗎？如果你看過以前鹹海的照片，就知道那真的很大很遼闊，像是自古以來就在那裡似的。可是在最近的五十年，它快速變成了沙漠。你教的什麼〈赤壁賦〉之類的古文過了一千年還是一樣，可是鹹海短短五十年就變成沙漠了。然後當你看到那沙漠，你又會覺得那像是自古以來就這樣。」

「為什麼要說這個？」

「沒什麼，就只是想問你知不知道而已。下次見面，我就要叫你爸爸了吧？」

*L'abécédaire de la littérature*

# 字母會

# 重複

*comme Répétition*

陳雪

男人熟睡時，發出劇烈的呼嚕聲，如果這時走過去，用枕頭蓋住他的口鼻，稍加施力，可以在他成功掙脫前，使之窒息。

她在空中指劃著，模擬如何將枕頭舉起，放下，好像這樣就已經到達效果。清醒時長相並不醜陋的人，一睡著卻像山崩似地，整張臉都歪斜了，倘若窒息，會呈現如何醜態？亦或者恢復原本相貌？酒吧相識後，男人將她帶回家來，典型租屋處，或許他正如自己宣稱的，是個未婚的電腦工程師，但一般工程師會上酒吧嗎？可如今這些有什麼要緊？倘若他仍活著，直到她離去之前，這些名字、身分、職業、婚姻狀況，就都是不需要的線索，只有死人需要鉅細靡遺的身分用來證明自身存在。

丁敏穿著內衣褲在陌生的屋裡走動，過去她從未像現在這樣，隨時準備全套各色蕾絲的胸罩丁字褲，皮包裡放著鋒利的瑞士刀與安眠藥物、情趣用品店買來的手銬。雖則一次也沒用過，但難說什麼時候會派上用場。

她閒散走逛一房一廳一衛的陌生人居所，所謂「家」這個空間，裝潢俗麗，物品零散，充滿3C用品，但還算乾淨，這人此刻就像某些承諾過會開車帶她回家的人一樣，性交過後就陷入如死的睡眠，汽車鑰匙就在床邊，皮夾、手機、公事包，屋內可能藏有大量現金，汽車就停在樓下車庫，她隨時可以全部拿走。「為什麼可以在陌生人面前這麼放鬆呢？」丁敏納悶地想，當然，也有性交完畢還清醒著的人，迫切地想交談或者再來一發，比較起來還是熟睡的狀態讓她自在。認識不到三小時的人，丁敏凝望床上男人的裸體，自稱二十七歲的男人Kevin（還是Mike？Paul？John？）這些在酒吧認識的男人總喜歡取英文名字，而另一種在咖啡館前來搭訕的人，則經常會用三個字的「疑似真名」正經地自我介紹，甚至遞上名片，那些在機場、巴士站、甚至是尋常商店裡偶遇的人，則很喜歡自稱「某先生」，然這些規則也有不準時，無論什麼英文名、中文名、真名偽名，丁敏決心跟「任何」想要與她上床的男人「性交」之後，身上彷彿就開始散發特定的氣味，吸引著各色來人靠近。她在各種場合、境遇、與情況底下與「認識」的男人共赴某一處所，旅館、飯店、賓館、或男人的住處，像是唯恐來不及似地，以各種體位、姿勢、方法，快速地交合，一次或兩次，然後各自離去。

一場性交如何開始（為何開始）？網路或實體邂逅？文字或聲音搭訕？簡訊或親口示意？當她將身體頻道調整到「隨時可以性交」的狀態，發現這一切比想像中容易，真的如張偉明所說：「就是那樣發生了，沒什麼道理。就只是性。可以發生，為什麼要拒絕。」然而，她還是必須親自走這麼一趟（不是一趟，是五十三次，張偉明在電腦裡留下的紀錄顯示，與陌生網友見面性交登記有案的，五年來共有五十三次）不是為了報復，儘管他倆已經分手，而是丁敏始終覺得自己若無法真正理解他說的：「就是性而已，發洩，爽快，刺激，跟愛不愛妳沒有關係。」「這些性關係甚至對我們有幫助，讓我情緒平穩，舒緩壓力，我更有能力處理我跟妳的關係。」那是在她無意間發現張偉明「獵豔」紀錄之後，兩人爭吵時他的解釋，從事攝影工作的張偉明沒有拍下任何一張照片，卻詳細地記錄與女人見面的時間地點，女人外貌、名字（英文字母代稱，因為多達五十三次，有些女人就出現了S3，J2，G4這種類似手機型號的代碼），五十三次，每次都慎重其事冒著被發現的危險記下了，攤牌時沒有悔悟、發誓或其他以資證明「再也不會這樣了」的宣告，丁敏光是看著那個內容不斷延伸的檔案夾，就知道這是會再次發生的，是張偉明無法也不願戒除的「習慣」。「妳若要我誠實地說，我只能說我還會繼續下去。」

他做了選擇。她也做了她的選擇。

並不平靜地分手，張偉明甚至不想分手，希望說服她「這樣的事不會傷害感情」，她幾乎快被說服，然終於還是鐵了心分手，張偉明拖拖拉拉地搬家，甚至表明只要她願意，「隨時都可以復合」。他臨走前，丁敏要走了那臺筆電，理由是「那是我送你的生日禮物」，其實她更想要的是那個資料夾，那份獵豔紀錄，但她知道張一定早有備份，無妨，她只是想要仔細看看內容。有三百個備份也無差。

分手後精神近乎錯亂的兩個月裡，她把自己關在屋裡，除了必要出門上班，其他時間，讓屋子黑暗，只有電腦開著，彷彿沉入深深海底，她反覆讀著那份資料，揣想那些可能的過程，在他們相戀的幾年，思量著張偉明如何上網、聊天、約炮、如何與那些人見面，如何開始，如何結束。她想像他日復一日與她相戀，相熟，同居，甚至進一步討論結婚的可能，他們在大賣場、家居店、電影院、餐廳，牽手、擁抱、接吻、性愛，彷彿與其他戀人無異，他從沒表達過任何不滿足，實則他早把某些需要讓開，那些不需要丁敏來滿足。與此同時進行的，這持續幾年沒打算中斷也沒有準備停止的獵豔，到底所為何來？「這讓我情緒穩定，更有益於跟妳相處。」張說。彷彿跟她相戀相處是多麼驚濤駭浪需要與陌生人性愛才足以平撫。

「妳比她們任何一個都還漂亮，性感。可是，那些比妳醜的女人讓我興奮。因為陌生。陌生感永遠只有一次，這是殘酷的現實。」張說。

「妳永遠也無法瞭解，男人就是可以把性與愛分開，甚至可以把重複與不重複的性分開計算，至少我就是那種男人。這些性交完全不妨礙我愛妳，我甚至不感到罪惡。」他說了又說，她愈聽愈沉靜。

他說的她都無法認同，但凡她到達不了的地方，他都可以宣稱為真理。

幾個月過去呢？她愈來愈不像一個剛失戀的女人，她從那些想像裡得到痛苦，也得到養分，她像解讀密碼似地反覆閱讀那份紀錄，以至於最後完全將內容「內化」到自己的腦中，甚至，她認為自己已經成為了那些A1，B2，C3的女人，同時也成為那個在網路上獵豔的男人，可以開始行動。

她的第一次是在酒吧裡喝醉之後，跟一個工作上有點來往的同行回家發生，男人卸下衣服的模樣跟平時截然不同，他的大腿有大片被熱水燙傷的疤痕，疤痕像是催情物，激發了丁敏的反應。

事後，丁敏拿走了男子皮夾裡的一張護身符。由此開始，丁敏不再與相識的男人，也不像張偉明從網路下手，而是在每一個生活日常，或者下班途中，出差的路上，甚或某些與男女之事毫無可能的場合，碰上了那些人。

她得自己走一遍，才能走出那份名單造就的歧途。

這是第二十三次，時間彷彿已經過去了幾年似的，但真實世界裡距離她發現那個檔案才不過一百二十九天。

望著床鋪上散落的衣物，再次重新確認著過程似的，逐一把自己的衣裙穿上，臨走前她拿走了男人電腦桌上一個龍年紀念幣。

她將紀念幣丟進餅乾盒裡，盒中還有幾十項來源不同的「紀念品」，有五十元、十元、一元硬幣幾枚、銀戒指一只、指甲刀、Zippo 打火機、掛有三隻鑰匙的賓士車鑰匙圈、白金戒指一枚（尾戒），象牙印章、四枚生肖紀念幣、龍山寺與行天宮的護身符，甚至還有一張全家三口照片。

硬幣的比例如此之高，丁敏自己也感到詫異，但不是為了錢，這只是個記號，記錄著，曾有此事。

這些小東西都是在男人睡著時，隨手在長褲、皮夾、茶几、床邊、或出門時從放鑰匙的盤子裡拿走的。隨機地拿，當然碰上過更有價值的物品，比如，總是有男人會在性交前把婚戒拿下來（但是連尾戒都拿下來就令人摸不著頭腦了），手上的勞力士也拿下來，她想，自己一定是個不會令人恐懼的女人吧！又或者男人根本不會害怕女人，即使只是晚上剛認識的陌生女子。

第二十三次，循序漸進，她愈來愈熟練，正如現實生活裡她的工作表現，她的人格特質，以前張偉明笑說的「有點強迫症啊妳」，任何事她都要做到極致，發揮到最好，如今她已將「勾引陌生人」這一套流程操作得十分流暢。

但她不曾與任何一個男人見第二次面，光只是想到同樣的事再重複一次，都會頭昏眼花。

勾引陌生人，重點在於陌生、勾引，以及隨後拿了紀念品回家這個過程，她不寫筆記、做紀錄，她不需要，這整件事對她來說都值得記住，只與一人、發生一次，像誕生、死亡、或者災難，都是獨一無二、具有決定性的。比如，某一次，她認為自己幾乎完全可能就把眼前的男人絞殺了。不重複的性，使她聯想到的都是謀殺。

但是，不同的人就不算重複嗎？經過二十多次的練習，她卻愈發感覺所有的性交都是重複行為，無論對象如何陌生，一旦進入肉體相搏的過程，一種已經重複無限次的感覺就會襲上心頭。「女人畢竟與男人不同」，當她這麼想著，肚子上彷彿就遭到重擊。

張偉明到底是怎麼做的？為何能夠樂此不疲？他如何從中領略那種毫不

重複的新鮮感？陌生？刺激？爽快？無負擔？甚至是開獎前的緊張。難道她也要來試一試網路交友。

可是她不想要跟他一樣，那就是抄襲了。

她依然要從眼前所見之物中揀選，或者被挑選後她應允，或是根本毫不選擇，遇上什麼就是什麼，她想要順隨命運。如今她已熟練這些勾引、暗示、挑逗，一切彷彿不言自明，幾乎可以化為幾個手勢、眼神、一抹微笑、一瞥視線，甚至一股氣味。

誰誰誰一進酒吧就看著她笑，誰誰誰與身邊友人耳語一聲便逕自朝她走來，誰誰誰拉開椅子，誰誰誰過來為她點一杯酒，誰誰誰尾隨她從電影院一路走到商店街，誰誰誰將汽車鑰匙交到她手裡，「去哪裡都隨妳。」

她出門前反覆檢查過自己的衣著，眼神，妝容，總是要確認到「就是這個味道，不多不少，不高不低」，她幾乎可以準確感知，如果費洛蒙可以量化，差不多就是她現在這個樣子。

但是第二十九個男人李陽平使她破例了。

第二十九次，是李陽平，他們在一個酒吧偶遇，隨後就一起去了附近的飯店，丁敏以往時常去喝下午茶的那家星級飯店，進入房間內還是第一次，所有一切都舒適高雅，陌生的性從陌生開始，卻意外進入極為抒情的癲狂，丁敏發現過去用的方式行不通，她無法只是單純地將李陽平視為「另一個男人的延續」，或者只是尺寸不同的「屌」的擁有者，或如人類學報告般在腦中記錄下身高體重髮色髮量、如何調情，如何脫衣，前戲多長，性交時間多久，這男人一下子就讓所有她用來監測、記錄、使自己處在一種中間狀態的保護閥故障了。他們在飯店裡一直待到凌晨。

不只是性，不只是一次又一次重複的「進出」，不是一個陌生肉體與另一個陌生的肉體互相接觸、交合、分離，不是體液的交換，不是收集獵物。

那是什麼呢？

某種無法言喻的癲狂蘊含在他的動作舉止、眼神之中，類似丁敏在性交後那種「想要絞殺」某人的欲望，「殺害」或「死亡」只是一種方式，像是儀式結束後必須的符號，當然丁敏並沒有這麼做，李陽平也沒有類似暴力的舉動，一種緩慢詩意的暴力融化在他的動作裡，每一個舉動都加重百分之三十的力道，每一個親吻都含著恰到好處不見血的撕咬（她竟然讓他吻她，幾乎是一進房間他就將她的臉捧起來吻，不容拒絕），這是個饑餓過久的男人，寂寞使他瘋狂，即使已經歷經前二十八次性交，丁敏發現自己也饑餓如狂，為什麼，某種從靈魂裡爆發出來的饑渴，讓骨頭痠痛、皮膚痲癢，他一點都不小心，接近暴力邊緣的動作將她磨出一身疙瘩。

「我必須再見妳。」臨走前他說。

「可是我從不見第二次的。」她回答。

「為什麼不能再見面？」他問。「重複的一夜情不叫一夜情。」她說。

「為什麼非得一夜情？」他又問。「因為必須這麼做。」她心虛回答。

二十九個男人給了她什麼啟示嗎？稍微療癒或開解她心中被重擊出那巨大的空洞嗎？又或者自己在失戀後的寂寞沮喪中，發現了一個宛如麻醉劑的好方法，發現自己更適宜在這些簡短迅速的交歡中忘卻生活裡其他麻煩，又或者，她只是想報復？

「妳會見我。」他斬釘截鐵地說。

她就像中邪一樣跟他見了第二次，在她家附近的汽車旅館，房間俗豔、時間倉促，動作粗魯，「最近工作很忙。」他粗喘著氣，彷彿又跟其他人沒有不同了，他不僅是自我重複，還與他人重疊，而她一貫建立的冷感節制，也出現了紊亂，她感到自己已經在崩潰邊緣，一定是意志力出現問題。

彷彿宣誓著結局，或實驗失敗的來臨，第三次發生在他家中，深夜他如著火般撥打電話，哀哀懇切，「很想念妳，快要發狂。」「但我又走不開。」「我派車去載妳。」「拜託，今晚一定得見到妳。」

「不然呢？」

「會出人命的。」

「我又不是應召的。」

「妳會來的。我知道妳不會拒絕我。」

開車的男子安靜無語，穿過區界，已經是毫無所悉的地方了，車子開進一個社區，「D棟四樓之四。」男人說，彷彿遞送一個包裹。

他們的性愛每況愈下，不變的是其中的暴力特質，他倆都非常粗暴，彷彿多恨對方似地，而那股恨之中又帶著濃烈的愛，他們都知道彼此不過是某人的替身，因此反而更加放肆。「我知道妳拒絕不了我，這是注定的。」李陽平說。

終於這次他也如其他人一樣在性愛後落入深沉的睡眠，丁敏拿出皮包裡的手銬，猶豫了一下，決定拿出瑞士刀，她的眼淚落下來，好像終於得償心願，張偉明說得不對，女人也可以跟男人一樣將愛與性分開，只是，「這樣不會讓你變成有勇氣的人，」她喃喃自語，「你無法靠著跟不重複的人性交來抵禦我這個重複的情人，」「沒有任何事不是重複的，正如我此刻在這裡，唯有死亡不會重複，所以我必須殺了他或殺了自己，沒有答案，我也不接受辯駁，我已經用身體、用精神與意志，親自踏過你訴說的那塊土地，飛過那個領空，可是沒有用，被踏碎了的夢就不是夢而成為現實，現實是，你就算把那些人那些細節都記錄起來，正如我帶回所有的紀念物，這些是終究還是虛空的。」

「但你知道什麼是不重複的嗎？張偉明。」

「愛才是不會重複的。因為它的重複都是自我更新、修正、補充、調整，因為我們是用生命的單調、日常、卑微、怯懦，用我們的脆弱、忍耐、哀痛，像在海邊產卵用沙掩埋的海龜，我們只能大量地大量地產出，以求在所有毀壞中尋得一點點，可能是唯一一個，存活下去的後代。我知道你不懂，但是我懂了。」

正當她舉起刀子準備用力往下刺時，傳來一陣孩童的嚎哭，又回到夢中了嗎？她心想，夢中之夢，或者這一切都不是真的，她沒有第三次來見他，也就不必殺了他。

一個三歲左右的女童出現在她眼前，孩子揉著眼睛，哭著說：「爸爸，我做惡夢。」

過去兩百多天的疲憊、辛酸、茫然、惶惑，或者，她一直沒有好好理解的，自己究竟身在何方，所為何來，在這孩童的言語裡清晰起來，男人突然醒來，也沒看她一眼，就衝過去抱起小女孩，「別怕。爸爸在這兒。」

丁敏垂然坐在床邊，然後像木頭一樣倒下，沉入了如死的睡眠。

L'abécédaire de la littérature

# 字母會

# 重複

comme Répétition

顏忠賢

別擔心，不會瞎，只要專心地看著我性感的耳朵……那始終自以為性感的眼科老女醫生老叫眼神恍神的他坐入怪異椅身，用某種催情的低聲跟他呻吟般地說……跟著我動，慢慢來，向上看、向下看、向左看、向右看……然後再慢慢來……向左前方看、向右後方看……慢慢來……太多重覆到令他疲憊不堪的種種程序控制的太過冗長過程中，困惑的他始終只看到太多餘光的怪異折射反光，除了那正前方機械圓心強光的正投影及其四射光束的干擾之外，在那遠方老女醫自詡性感的耳朵及其懸在半空中耳環的怪花蕊心，弧度扭曲變形如蟲屍般詭譎，弧心摺曲暗黑緣縫之間竟然還有很多半投影出的很像眼窩上的血絲的模糊曖昧光影，他始終不知如何他正看到什麼或是正面對什麼的荒誕費解光景，但是卻疲憊不堪到也不想麻煩地追問……

他想起最後來擔心的視網膜掃描正式檢查的時候，那老女醫仍顯得相當窩心地沉著嫵媚而耐煩……雖然已然整天折騰看過太多病人之後也疲憊不堪的她，老叫他看她的性感耳朵下緣，始終分心而難以直視聚焦的他卻更厭煩糾纏於那種辛苦演練的細節持續惡化中……

他絕望到深深地把頭額依被吩咐的種種姿勢細節小心翼翼地嵌入一個更怪異的金屬支架，下巴頂入一個弧形托盤，上額頭密合地貼往前端的邊緣然後用強光照射眼珠的時候，他始終沒辦法專心，一如好幾天以來不知為何他的右眼開始出現異狀到完全像是恐怖片的開端……老看到異物皺褶的不規矩外貌怪異線圈或形狀扭曲猙獰的水泡或菌體，彷彿顯微鏡玻璃片中的變形蟲，不斷晃動震度不停歇地變形……太過不信邪的他始終不想面對而最後還是在好幾天擔心後低頭，終於甘願到那天在那著名難纏的老眼科診所苦苦等待。

老有人群恐懼症的他下午折騰太久的中間始終在眩暈的模糊狀態……不用在乎你看到的怪異的什麼？老女醫始終出奇嫵媚微笑地說，什麼形狀其實不重要，飛蚊症的飛和蚊都只是一種比喻……沒有飛也沒有蚊，只是瞳孔水晶體出事的徵兆異常，但是你的還好，老了的器官退化，她從儀器裡看起來沒事，只是水晶體老化現象的影響所開始出現明顯一點點變化的破洞……

他卻依然昏昏沉沉……還老會想到在醫院等那散瞳怪異症候的藥水必須先完全作用到瞳孔放大無法聚焦時的他很不安，本來就想像眼球破裂有外傷或內傷的這種恐怖感覺始終作祟。客氣但是陌生的冰冷氣氛濃厚的老女醫生其實同時還很忙地處理太多別的病患的病情治療的差錯醫療細節，第一次進去，她用儀器強光一照他，就馬上謹慎小心翼翼地跟護士說，為什麼還會縮小瞳孔，用很婉轉但堅決的態度交代，再來一下下……乖！再出去散瞳……

散瞳只是一種自欺欺人的狀態……他心中愈來愈明白，散瞳不會讓眼睛變好地進化也不會讓水晶體變壞地退化，護士解釋好久還是讓他充斥著狐疑地不清楚為什麼瞳孔的放大和縮小都是由不自主神經支配，她說：別擔心，眼科臨床上常用的散瞳或擴瞳檢查，雖然麻痹使眼睛調節緊張的睫狀肌致使眼肌休息以測出準確的眼屈光度的散瞳驗光。先用散瞳藥使瞳孔散大到對光反射完全消失然後再驗光。散瞳只不過是催眠般地滴入眼藥劑的藥性暫時地麻痹瞳孔括約肌和開大肌為了放大瞳孔以進行眼後部的徹底檢查可能的白內障青光眼視網膜及黃斑部病變。最後護士還更認真地解釋……散瞳驗光調節作用消失之後會慢慢恢復視線但是仍然會有長時間的畏光視力模糊持續……

　　但是老陷入散瞳出錯焦慮的他還是擔心地想到自己始終無法理解哪裡出錯卻重覆發生那麼無辜地被控制，太荒謬到甚至像是進瓦斯室前全身上下的累贅衣服沒脫光項鍊耳環戒指甚至鑲嵌金屬假牙沒有拿光因此才沒有辦法行刑動手的委曲，其實那之前在外頭走廊盡頭折騰很久了，散瞳劑已經點過好多次，半個鐘頭一次，檢查完不行還要重來的患者很多，有一個鄰坐的老太太很緊張到差點哭出來，護士教她的眼球掃描檢查前的瞳孔，向上向下向左向右傾斜種種角度的問題始終不行，看前面身體不要動，眼珠子動的時候頭不要動，不行重來、不行重來、不行再重來……太多次之後那始終無法理解哪裡出事的她說，我不會，我不會……怎麼辦……老太太快哭出來了！那因為散瞳出錯而不斷重來到同樣可憐兮兮的護士還只好更好心地陪她，最後還半笑半鬧地安慰老人家說，用兩手把頭扶好不能動，跟著我動，好像在玩地……用心點……來……再來……快了……快好了……乖乖地……好好跟我練習就一定會！

其實那時候他的眼睛也是模糊半閉的，很同情但是也很想笑！過了更久之後的他始終無法忍受到底出了什麼差錯而煩惱焦慮著……那時耐心陪伴著的有時坐旁邊的護士只好笑著安慰他說，之前有很多人一個人來的好多回才更擔心，因為有人是動各種閃光近視弱視矯正甚至青花眼白內障的高難度眼睛深度手術，之前之後的檢查細節更多更複雜，雷射在眼球上動好多刀的感覺很抽象，很快的時間就完成但是等候太多繁瑣程序控制的檢驗標準手續過程卻反而很難想像地無奈緊張，護士還安慰他幸好他只點一眼散瞳，之前每一回點兩眼更可怕……副作用是檢查完瞳孔渙散到看不清楚，病人們始終非常害怕，因為一路都甚至不太能走路，像瞎了眼……

等候的散瞳冗長時光中，他想起了小時候的他老重覆雷同的一個怪夢，在不同醫院的雷同死角光影陰暗情緒低落的太長的夢中……那一個個相仿的病房樓層末端樓梯口旁邊老出現某一種很奇怪的雨漬斑斑駁駁破爛不堪的破洞感……彷彿是他母親還沒有死之前最後的狀態，全身潰爛到幾乎沒有皮膚的肉身始終流出奇怪的不明濃稠液體滲透滴落滿地，彷彿只剩下骨骸的那個扭曲到變形的身體末端還仍然有個張開嘴巴朝天的頭顱和四肢無力彎曲的肉身，更仔細看還會發現他母親那只剩下肌肉和骨骼沒有肌膚的血肉模糊惡臭肉身不知為什麼並沒有死去甚至始終用某種費解的狀態還掙扎著抗拒著什麼地頑強拚搏地活著。他到了那個鬼地方本來想去探病的，但是後來被很多怪事離奇地牽絆，那個鬼地方其實非常地忙碌，他不時轉頭去看那一個個奇怪的病人的更怪異肉身但是又必須假裝沒有看到也沒有留意整個蒼白的病院巨大的長廊大廳病房治療種種地方好像有某一件電視直接現場播放有關的更重大詭異可怕的事正在激烈地進行到所有人都前往參加致敬到完全不能分心，這使他內心非常懷疑又不能將懷疑表現出來。

隱隱約約地記得還曾經和母親有過彷彿亂倫性愛的他曾經鬼鬼祟祟地常常去探病，但是老感覺到那病院像一個祕密宗教團體在修行的鬼地方甚至每個人一進入就完全都不能說話，充滿消毒藥水味福馬林味尿糞失禁味甚至屍臭味的這空曠死白的病院長廊，很多坐在骯髒不堪地上的病人和家人都勉勉強強偷偷摸摸地只能拿著奇怪的往往已然腐爛發臭的蔬菜和水果在廊底的死角吃，靜坐禱告般的每個病人家人們都好像在某種精神極端疏離出神但是隨時都會崩潰或尖叫，還有老病人們不時走過來小聲地跟他交代清楚更複雜的那個怪醫院的規矩，仔細地吩咐過還教他什麼腐爛發臭的鬼東西才可以吃的可怕行情，甚至是心情千萬不能勉強還要深深相信那爛蔬果吃下肉體痛苦必然會發生奇蹟般的感召的某種祝福恩典。甚至，某一回他去探病的路上還意外遇到一個已然當主治醫師的極端狡猾世故的老朋友老在跟他說要去仔細參觀手術室的怪事，但是他不記得自己為什麼變得非常緊張而禮貌，在那個怪異病房長廊底端要送入手術室最後等待的現場。本來是悲傷情緒低落或恐懼的心情的地帶卻變成了另一種幸福感的歡樂時光等候間，他仍然不斷懷疑這種種奇幻荒謬的怪事……

但是，最後仍然意外的發生地近乎瘋狂地他被挑選出來真的就被提前叫去參觀了那一個怪電視節目現場的費解，那彷彿是一個非常有名的怪異的色情節目，攝影機架在每一個隱藏在老醫院不同角落之中的實況轉映二十四小時不斷的節目，女主持人竟然是躺在最重要的龐大手術室怪異多機拍攝現場的最終端主題攝影棚中，同一個老醫院病床上的一個假裝重病但是卻依舊淫蕩的風情萬種的老女主持人現身，她竟然刻意穿著暗紅色貴族蕾絲邊吊襪帶馬甲ＳＭ風格的性感睡衣，製作團隊拍攝前跟他提起過去每次都會有不同色情電影肌肉男人魚線俊美的特別來賓環繞，其實這節目現場的氣氛老沉浸在被誘惑的男人們都只是很想做愛地愛撫到抽送種種繁複高難度動作都非常地感恩老女人的青睞，即使她始終無法無天地殘忍古怪，甚至只是一個細微末節的分神姿勢、不夠淫亂的眼神，或是怪異的做愛中調情的口吻……都會被她發現而不斷凶狠地懲罰……

在貴賓席許久旁觀的他不得已在群眾簇擁歡呼聲中的更後來也勉強地走上了燈光詭異變幻的主秀手術房的機關重重怪病床，但是他還仍然有點分心地想迴避種種挑逗猥褻，後來更擔心不好意思完全不入戲而意外賣力演出成的另外一種狀態，他彷彿強烈質疑她的性感魅力無法無天的動機卻更像是刻意迂迴地色情感欲擒故縱式的勾引……

女主持人最終誤解他的勾引變成了好奇幻又好神祕就像是最費解的大意……一如在古代印度日本春藥或是潮吹必殺技的深意是病和死的催情催淚感。致使沮喪而無法激動的他竟然反而好像失控的弄臣不斷地爭寵為了取悅那病床上的老女主持人一如女神般賣弄風情的誇張感……他們最後還竟然邊激烈做愛邊激烈辯論種種性愛祕辛傳說的詭異厲害到艱難的性感……種種性愛調情抽插體位動作一如高難度的舞蹈大賽幾乎像是一種怪異的醫院主題放入另一種怪異的街舞機械舞芭蕾舞寶萊塢舞變幻無窮的綜合體神經表演，就當所有病人觀眾群都到那個手術房主拍攝場景旁的觀眾席尖叫，性感的肉體穿著性感的舞衣還不斷地抽搐垂直跳動，甚至看起來是每個病人卻也同時怪異近乎瘋狂地發春……

但是現場刻意激發的色情又性感的群眾舞蹈風格卻還是彷彿同時又感覺是某種集體祈禱的信徒們在其敬拜神明宗教固定每天時間的重覆同樣神經兮兮的祈禱，老女主持人和他仍然陷入某種主秀的激烈……還甚至有意無意之間賣弄帶領著群眾們更瘋狂做愛地狂歡又狂舞……

到底為什麼會發生這樣激烈的激情，即使他仍然非常猶豫甚至不知道為什麼深深地陷入後來瘋狂狀態的更複雜涉入。

到了最後的瘋狂迷戀尖叫般的慶祝儀式終端……雖然他充滿懷疑但是仍然也不敢說出來，甚至覺得剛剛在醫院裡的混亂狀態正持續被什麼怪人們祕密地用極端特殊的怪手法召喚惡魔般地祈禱出祕密可怕的咒術才被啟發……

但是沒有人發現……難道他會變成雷同地迷戀性感女主持人一如女神般的病人們嗎？只有他始終有一點恍惚感覺到好像有一個更遠方的什麼聲音和力量在接近他而使在手術臺上狂亂交歡的他更為緊張……

最後的他為了讓太過誇張的性感女神自詡的怪異女主持人分心，也只好在手術室攝影棚對她假裝炫耀起自己青春期做過的某個雷同但是又不同的怪異的春夢。他說他曾經好多回在夢中重覆地遭遇到了某一個近乎不可能的聲名狼藉的神經兮兮女藝術家做一種行動藝術表演計畫種種怪異攝影作品的邀請，每一回她都要找一千零一個路人拍照，拍攝現場的一個個人幹她然後陪睡，拍一晚或拍很多晚甚至拍一千零一個夜晚，後來不知為何在路上在派對上在種種怪地方看到的她始終總會找到了他，但是他卻老很遲疑，甚至是打從心裡不想。不完全因為那是意外或那女藝術家長得讓人沒有性欲或這種所謂的藝術太草率而更是因為他覺得他正陷入某種性欲一點也沒有想要做什麼或參加什麼的心情的低落。但是每回迂迴曲折離奇過程中最後都會在暗暗的大廳裡怪異地出現了一個三四歲小孩大小的那女藝術家所妖幻地變成的人形娃娃，和那一大群一千零一個男人們都彷彿是她的老情人坐在地上沙發上桌上床上種種鬼地方，她的裸體一如性器官一如五官都非常逼真，像很繁複的高科技所打造出來可以做非常精密人類動作的生化高科技機器人，偶爾微笑時嫵媚的嘴角微微地牽動，眨眼時很濃密捲起的假睫毛的晃盪，跟男人們同時緩緩抽起菸時手指彈菸灰姿勢的優雅，她還可以說話而且很慧黠到會高明地嘲笑起在場的少年中年老年的種種性欲高漲的男人們，恰到好處的揶揄不但不會太令人不快，還讓大家笑得很開心。但是她還始終只是一個天真無邪的小女孩，而且全身是一種螢光粉紅的矽膠所做成的肌膚，像是最驚悚的bling bling 的指甲油一樣或未完工的工業設計產品還沒上最後烤漆的工業感而出奇地不世絕美到甚至還充滿某種少女內心天真爛漫地妖嬈。甚至最奇怪的部分還竟然是她的下體，兩腿之間卻意外發現完全光滑一如嬰兒肌的晶瑩剔透，沒有陰毛，沒有陰唇，但是卻長出一種奇怪的圓弧形洞口，但圓弧形突出像捕蠅草有淚滴狀的突出，像滴落口水的狼牙，而且整個弧面那麼黏稠而湧動好像一直在盤旋，甚至彷彿在呼吸，而且整個一直在不停地變形，像一種獵食性動物吃下犧牲的最後那一刻的咽喉吐出凶猛地……準備吞下一千零一夜的一千零一根陰莖……那般地活生生。

醒來的他始終無法理解為何他仍然還在那長廊也還在等待……散瞳一如閃神的種種過去的可怕的什麼……一如他老是想起自己小時候的春夢為何終究會像失焦變質到那種水晶體般的性感卻變成血絲充斥著的恐怖感。

他因此老想起那一天的自以為性感的老眼科女醫師的耳朵……其實後來愈來愈看不清楚的眼睛更覺得很累到後來甚至走路都半瞇眼走，那晚淋雨走回家的時候，鞋襪全溼地走，又剛剛被打趴全身沒力，眼睛又模糊不清，那夜路沒燈也沒人而走回家很吃力，電視只看一點點太累到完全無法集中精神，亂轉臺一下子就昏睡過去，燈沒關，身體甚至是歪的過了一個多小時又醒來都爬不起來又撐了好一下才勉強起來，老想起離開前……在繁瑣冗長過程中，她還一再問到底他到底看到了什麼？

或許那只是他的幻覺或錯覺，向右前方傾斜的眼球和向左下側翻轉的種種眼球的端詳的不免因為球體折影差錯而折射出的光芒更混淆不清，但是卻又出奇華麗的過多色彩鮮豔亮麗登場的繞射而出，像老時代舞會的天花板上懸掛著球體鑲嵌小鏡面反射，光線照射燈光的絢爛荒謬絕倫地美麗，但是他更看見的卻只是在頭顱完全不能理解地卡入機械故障零件般地，他跟她說起他在青春期曾經著迷的一部太過瘋狂的叫作《發條橘子》那電影中被控制受刑懲罰，用機械撐開雙眼皮強迫男主角注視著所有人類戰爭最殘忍暴行的電影，種種最可怕殘忍暴行的歷史重演，轟炸屠殺中砍頭肢解血肉模糊，最終端逼視死亡的不斷深入發生，一部接一部影片的播放三天三夜，來改造他的天生個性的失控不良少年叛逆不馴的種種傳言不斷的怪異問題，一開始只是好奇為什麼會這麼發生，之後就愈來愈無法忍受，更後來他就開始流淚痛苦尖叫，支撐不了到最後休克，但是眼珠子卻仍然充滿血絲更多更深，更血紅地賁張，一如他……

昨天本來他始終無法理解的疲憊不堪，時間好像老在LAG，慢下來了但又一直有些不斷冒出的泡沫般的差錯，瞳孔放大又縮小地不安中隱約微痛，睡著了又沒睡著的恍恍惚惚，在那個等候的不明的房間裡老聽到的雜音，怪怪的什麼……彷彿有一部模糊地看到的電影，愛情故事的國片的畫質粗糙極了的電影臺播放，所有的角色太過激烈但是卻因此還演得很不對勁地滯留於太直接地難過或皺眉，之後男女主角在一個房間裡冷戰式地說話，暈暈的眼神，對白極單薄而缺乏某種更迂迴曲折的暗示，有一個更後來切入的空鏡頭是她的手在空中緩緩移動，像失神般地跳舞或晃動，昏昏暗暗的空氣夾雜著低沉的畫外音配樂，管弦樂式地流動沉浸，但是，不知為何就是只像一種廉價少女奶茶廣告般的可笑而缺乏氣息的更多陰霾徘徊不去的可能。

更後來轉臺之後更深沉哀悼般地一如那等候區的死角一個電視頻道收看的另一個怪節目叫作「太上感應篇」，有一個穿著難看的死白繡花怪道袍戴死白天珠項鍊和死白框深度眼鏡卻仍然自以為時髦美麗的歐巴桑仙姑，老陷入瘋狂狀態般地專心在講佛學的某種非常艱深的道理但是卻始終露出一種好像在開玩笑的古怪笑容。其實他記得他小時候曾經迷過這個節目，但是沒有一次可以忍受超過三分鐘，非常地荒謬但又非常地真實，充斥著荒腔走板卻又好像理直氣壯的種種說法腔調令人不免扼腕，惋惜對人世愚昧的同情又不信任，難以拯救又不捨，就像介於完全的詐騙集團和完全的教主上師之間近乎難以分辨的模糊地帶，但是他怎麼聽都一直很想笑……一如那天晚上老仙姑講到的卻是那麼尖銳的始終重覆像繞口令的佛教口訣……阿彌陀佛，人生是無始無明，阿彌陀佛，沒有過去沒有未來，只有當下的念頭，阿彌陀佛，所有人生的困難，都不該牽掛，阿彌陀佛，只要想通了就……馬上成佛，阿彌陀佛……

*L'abécédaire de la littérature*

字母會

評論

潘怡帆

*comme Répétition*

「差異總已重複」意味著對於相對性與同一性的二重脫離。其一，「總已重複」的重疊使差異不再對立於重複，換言之，差異並非重複的否定，不是必須仰賴重複，才能存在之物。其二，並非「等於」而是「總已」重複。使同一的「等於」抹除差異與重複間的矛盾，導致既無差異亦無重複；「總已」則取消言說的時間差，使後至之詞同步於先發之言，使差異與重複成為共時並在的（非相對）二者。重複做為差異的差異，使之變本加厲；差異以另一的區辨性而非同一的無感，形構重複的複數型態而直指之。由是，唯一可能的重複將是「差異總已重複」的差異，這既是以重複的差異來逃離差異的不可能性，亦是以差異的重複推翻重複的不可能性，是以重複來理解差異，再以差異來認識重複。六位小說家遊走在差異與重複既共構卻又不同的危險邊緣，從字母 R 回望字母 D（差異）。

書房裡七仰八叉的書本堆疊與塞滿細縫的原子筆、手機充電線、菸盒、痠痛軟膏與焦乾橘子皮等所構成的環形山丘，對比於因為地震而導致一整大塊大樓像蛋糕那樣歪斜，斷裂的水泥梁柱內裡，露出了保麗龍與堆疊的沙拉油鐵罐；從書堆亂石崩雲的四面八方竄出來的F-22未來科技感蟑螂，與像蚜蟲般爬覆在那崩解大樓的巨石背上的軍警與消防隊員；設想「如何跳過臺中，從臺北返回高雄」之方法的腦力激盪，類似於十九年前不肖廠商把鋼筋換成沙拉油桶的偷梁換柱……通過這些既相似又不同的影像堆疊，同形又異質的物件，同種又不同類的存在，駱以軍層層搭建重複與差異並置的小說景觀。小說裡層出不窮的蟑螂肩負著辯證差異或重複的主要線索。敘事者第一次從書堆裡見到蟑螂時，強烈震驚於此生物的進化，有別於過去那仍殘餘著遠古生存至今的身體負擔，乃至於可以輕易擊斃的原代造型，新版蟑螂帶有戰鬥機的流線設計。當它被瞬間擊斃時，不再出現記憶中的汁液，更像將某種極精密結構的小玩具捏扁。從此往後，蟑螂開始以戰鬥機的型號重複出現，誘使敘事者挖空心思為牠們處以不同的死刑：溺死、燙死、油封、冷凍、火燒、斬首、五馬分屍……重複與差異交疊的敘事布置，夾藏了作者思想的幽微纏繞。敘事者不斷變換花樣的創造新死法，其實是被整個蟑螂民族降維，讓他通過虛假的革新把自己鎖死在殺戮的重複，而非能使世界增添一個維度的越界創造。相同品種的蟑螂以同質的替換來覆寫差異的質變，牠們相似的外型將敘事者封印在既存知識內的重複繞圈，亦即對付同一（已知）生物的各種方法，而非通過想像牠所不是之物（從古生物到戰鬥機）使乍見演化巨幅跨越的驚異再次躍入腦海。換言之，差異確實迸生於重複，那是敘事者從原代蟑螂的重複慣性中撞見 F-22 科技蟑螂的質變時刻。然而，「差異的誕生」非指向達爾文理論中重複同質過程所自然衍生的差異突變，而是指兩種差異物件（蟑螂與戰鬥機）被強力扭壓成同一條基因的序列，亦即使它們構成彼此的異質重複。由是，差異之物藉著對同一概念的重複而彼此鬥爭，產下激活大腦的創造。真正劈破腦子的並非蟑螂的演化（那仍舊是蟑螂！），而是使蟑螂差異於蟑螂地成為科幻戰鬥機，並由此使古生物成為最高端科技的同義詞，這亦是楊凱麟在字母 R 提到的「讓差異『差異起來』！」由是，我們明白書的環墟與坍樓、科幻蟑螂與高端搜救人員、《焚舟紀》與《羅馬帝國衰亡史》、抗鬱藥與股癬藥膏……充滿既視感的疊影幢幢，不僅止於營造華麗與頹傾的修辭堆疊，而更是為了使差異彼此接榫（重複），從而激發差異之於差異的既是自我差異化，又是差異的為己重複。正是為了等待如是差異的加劇，必須一次又一次的不斷重複！

駱以軍通過蟑螂接起重複與差異間的莫比烏斯帶，胡淑雯則在語言的重複中加重差異。開場的「你好」辯證勾勒出理解作品的主要路徑，或者遠在更早之前，當主角小羽選擇在雨停後出門，使「雨」和「羽」成為重複（語音）又差異（語詞）的連續／接續在場時，便已經預示了本篇和語言翻轉間的內在關係。路經建築工地的小羽，見到幾位工人在路邊野餐，其中之一冒出了聲「你好」。通過他的眼神，小羽得知那是被穿上女裝的「妳好」，是在與任何一個「你好」都聽無差別（重複）卻差異於「你好」的「妳好」。同一個「你／妳好」凹折二重語義地歧向差異的性別，與他們各自背後更繁複的意義網絡。然而，這並非作者的終點；通過小羽同樣應之以「你好」，使此重複再次差異往另一重維度，那既是問候也是回應的「你好」。由是，重複的「你好」是二重的差異化：「妳好」和回話的「你好」。有別於黑格爾「正——反——合」的開闔辯證，這是通過重複衍生差異及再差異，進而演繹出無限差異序列的擴增。超音波醫生、偷窺的跛子與摸臀色狼再次以三重奏指向差異，他們都共同通過小羽的身體而共構重複。正當的職業與檢查的需求，使醫生有權碰觸小羽的身體；悄悄拉開小羽浴室窗戶的跛子甚至沒有實際接觸，而是通過眼神撫摸，便已犯下「偷窺」的滔天大罪，必須對他施以圍毆的嚴懲。偷摸小羽的色狼被她訓斥後趕下公車，旁觀者卻義憤填膺於小羽的縱容（應該把人逮進警察局！），使她反成為被教訓的對象。類似的身體經驗卻分裂成三種差異的局面：正常、禽獸與（正常人裡的）背叛者。作者繼續從後兩種被世人統稱為「變態」的同一概念裡辯證出第三種品種差異，那是有別於變態的變態。有別於變態做為弱勢的「可笑而絕望」，「像棄子般呻吟」，非變態的變態「在私密的場所，對認識的女性遂行特定的性接觸」。對小羽來說，這樣偽裝出來的「正常」更為可怕，像那位對她追求未果遂施以專業抵制的體面客戶，或控訴她「縱容」的旁觀者。通過對「變態」和「正常」的多重演繹與彼此穿插，作者使它們相互鄰近、重複且共時構成差異的再差異。通過語言布置，胡淑雯使字詞成為自我差異的場域，而唯有通過對每個字詞的重複考慮與再三探究，才能從乍看重複的系列中，攫獲那正在為己差異的語言蛻變。因為字詞在重複時總已差異，或更確切地說，差異總已誕生於字詞的重複訴說之中。

胡淑雯把不同的人物與情境填裝進重複的語言當中，使之產生內在的質變，進而加劇了差異；陳雪則使人物間的關係成為差異與重複互為表裡的場域，反思早已深深浸入重複之中的「差異在場」。在陳雪的小說裡，主角丁敏與前男友通過不同方式的一夜情，歧出差異與重複的二重辯證。丁敏的前男友告訴她，延續同一愛情的不二法門是不斷與陌生人發生一夜情，穿插以差異的性，使長期不變的愛情關係脫離一致性的無感，而能不斷重新／複愛上丁敏。差異的介入因此使重複一再出現。丁敏無法理解差異（性）如何可能構成重複（愛）的延續，她決定重複前男友的行徑，體驗差異的一夜情。不過，有別於前男友在網路尋愛，丁敏選擇日常生活中的偶遇，她從模仿前男友行為的重複中凹折出差異。弔詭的是，丁敏的連續一夜情沒有構成差異性，而是每次都像同一次：「經過二十多次的練習，她卻愈發感覺所有的性交都是重複行為，無論對象如何陌生，一旦進入肉體相搏的過程，一種已經重複無限次的感覺就會襲上心頭。」同質的一夜情導致差異的弱化，因為它不再具備使差異差異化的「差異於差異」，而是對差異的簡化，陷入差異不可能的窘境。相反的，前男友游移於差異（性）與重複（愛）的相互異質運動中，使重複質變為差異的差異，而差異的再差異則成為使重複可感的形式。這正是丁敏從與李陽平的重複性愛中發現的真相。丁敏與李陽平發生過三次性愛，每次都使她擁有全新的感受，從戀愛到無感，再轉回愛恨交織。這使她發現，差異不在於內容上的不同（例如狀似提供眾多聲音，其實是將人牢牢綑綁於單一口徑的同溫層），而在於質性的改變，這才能使重複弔詭地成為差異的（異質化）差異。成為「差異的差異化」的重複將不會使愛情消失，因為它成為無限異質的連續性：「愛才是不會重複的。因為它的重複都是自我更新，修正，補充，調整。」愛情的調整如同蛻變為不同情人的質變而非量變，由是，不斷「生下差異」的重複成為唯一可能或可感的重複。無感的重來是重複的不可能性，毫無間隙的一致性使一百萬次都是同一次，而非重複了一百萬次，換言之，唯有在可感知的情況下，重複才可能存在，唯有內化差異於其中的重複，才是使重複能被察覺的唯一機會。小說末了以「做惡夢的小女孩投入父親懷抱」的意象來結論；所有對差異的追求無非為了使重複返回可感，人在重複似曾相識的熟悉感裡感覺安心，這亦是嬰兒在仿子宮環境裡特別平靜的道理。換言之，差異是為了指認重複而存在，而重複做為差異之母，使差異「總已經重複」，這便是《神譜》中通過創造女神繆斯指認其母（記憶女神）所埋藏的深刻寓意。

赫拉克利圖斯在「人不可能兩次踏入同一條河流中」指出水滴不重複的差異性，陳雪以其作品說明所有差異的水滴無非是對同一條河流的匯聚，黃崇凱則將河流一體兩面的辯證摺入鹹海的隱喻：「如果你看過以前鹹海的照片，就知道那真的很大很遼闊，像是自古以來就在那裡似的。可是在最近的五十年，它快速變成了沙漠……然後當你看到那沙漠，你又會覺得那像是自古以來就這樣。」在一致性的時間裡，「每個明天都是今天的複製貼上」，因此無限長的時間成為一瞬之間的無感，像鹹海自古以來的存在。而一瞬同樣是一個世界的長度，因此當鹹海化為沙漠，沙漠將以無違和的方式使已經發生變化的世界再度回歸到無可感知的一致性：自古以來皆如此。即使在眨眼之間，指針已被撥往另一個宇宙的維度（從鹹海到沙漠），只要差異不持續產生，重複便也無可感知，無可被（差異）延續，甚至將無法貯存於記憶之中。這亦是貝克特對一致性的反省：「記憶力好的人不記得任何事，因為他什麼也忘不掉。」不記得的理由是忘不掉，乍看矛盾的構句凸顯一致性的困局。清一色與例行公事的在場使可感世界遁入不可感的柔焦背景裡，使人在慣性的環境裡可以邊滑手機邊做事，因為此空間的一致性已經銘刻入體內，可以忽略或毋須任何關注。這便是小說中男人與結褵二十六年妻子的關係。在漫長的婚姻生涯裡，男人把描述的焦點放置在情人阮大姊或林小姐身上。通過情人對生活一陳不變的破壞，他得以切換於差異的角色之間，並由此感覺到時間進程的演化，將其生命階段劃分為與阮大姊的那段或與小林的那段。而直到與妻子離異後，男人才使妻子從抽象且模糊的隱約存在肉身化為小說裡最具體的口交場景。通過離婚對婚姻一致性的打破，妻子重新以差異的身分出現在男人的生命中（妻子的口交技術怎麼突飛猛進了？），做為嶄新的時間階段而展開。然而被差異活化的時間卻像鹹海的演化，再次被重複吞沒。那是當男人發現自己的兒子就像特別戀慕著年長女性的自己，在二十年後與他當年的情人步入禮堂時，「生殖是這樣可悲的事：他們這種平凡人總想藉著生殖，讓自己接近創造，到頭來產出的卻是另一個版本的平凡人，而且那麼像自己。一如兒子像他，像到竟然在同一條陰道狹路相逢。」差異總已重複；男人嘗試脫離同一性而不斷歧出於單一生活軌道的差異，從婚姻走向意外的偷情，以及差異於意外的必然性的偷情，然而這些軌道的變換卻經由兒子被反摺回一樁婚姻的回歸，以及對一致性的再次重複。而男人被隨即撥回重複的生命，將再度以鹹海般的無時間，永恆延續下去，由是，楊凱麟所謂的「一個由『已經』所說明的真正開始」盛大揭幕。

黃崇凱以鹹海變化為喻，把「自古以來」的時間摺入砂粒般的剎那，童偉格則回顧人類起源，把漫長的演化時間壓縮進反思的瞬間收合。回到時間原點，說明了字母R將返抵字母D（差異）之前的誕生，從最後一個莫拉亞人倒退回第一個，那位在字母D裡「據說將要再返的創世主」。由是，字母D及字母R以影子與光的卡農節奏，翩然展開差異與重複的二重輪唱。最後一位莫拉亞人於夜間來到旅館，第一位莫拉亞人則在白晝的寓所裡步行；其一迷路於客廳、衣帽間與浴室之間，另一則逐一檢視客廳、廚房與浴室，最後再以相仿的節奏，他（們）把沿途打開的燈一一按熄／精細復原各處，第一位莫拉亞人說，「一如昨日」，使我們重瞳地想起他的昨日，與已經在字母D出現過一次而謂之「昨日」的重複。童偉格在先到的字母「差異」裡塑造了最後一個莫拉亞人與黑夜，後至的字母「重複」裡則擺上日間的起源者；並非從晝到夜的順時，而是從瞑暗逆時到晝光，一方面描摹了「總已回歸」的進程，另一方面同步製成啣尾蛇的永恆回歸：白晝的啟程必然終結於夜晚，然而，以夜晚做為起點的字母D總已指向前往白晝復始的字母R。

這亦是莫拉亞人共同的墓誌銘：「他們腳跨著墳墓出生，亮光才閃了一下，跟著又是黑夜」，然而所有的黑夜終將被再度打開，就像墳塚做為生命最初的誕生地，迎接了莫拉亞人顛倒於人的誕生。這便是在字母順序上安裝另一套反向秩序的必要性，以便造就類似於視覺殘影的操作，使差異與重複不僅止於互為指向，更在兼具開始與終結的意象間流動，演繹生命動態，或更確切地說，生下初代莫拉亞人。最初的莫拉亞程式拆解／差異並重組／重複人類向「它」輸入的話語，使單向陳述蛻變為雙向應答，由是激發了人類對回應者的感情，同步檢證了莫拉亞人做為獨立生命體的真切性。應答無非是差異於陳述的重複，二者同步誕生，卻因差異拆解與應答的時差而從人類的心靈本源歧往鏡像，使人通過面對自己看見折射的他人（莫拉亞人）。雷同卻不相同的在場使莫拉亞人成為人類的夥伴，而非還原為同一個人，因為差異已然內在於重複之中，並使得所有的重複都成為差異的倍增。莫拉亞人的誕生不是一再反覆的同質重複，而是差異的重複，他雖是人類心靈的鏡像，但當他擬真的生命陷入不是死亡的死亡（耗盡自體能源或誤觸擬死程式），他確實使人類為他真誠地哀悼。換言之，莫拉亞人的在場促使情感的創生，並從而使他成為再次差異於自身（人的重複）的存在（差異於人而重生為另一人）。這便是莫拉亞人從重複中差異的誕生。通過情感的創造，作者使莫拉亞人從純粹重複蛻變為差異的重複，說明了所謂「差異總已重複」總已指向另一重差異化的發生。便是經由如是的推演，使我們察覺由重複回望差異的目的，原是為了朝著誕生的方向前進。

通過莫拉亞人，童偉格使重複成為對差異的創造，顏忠賢則在大量重複的拼貼中創造出扭曲時間的差異瞬間。「飛蚊症的飛和蚊都只是一種比喻……沒有飛也沒有蚊，只是瞳孔水晶體出事的徵兆異常」，沒有蚊子在飛的飛蚊症做為「名實不相符」的寓意，指出了小說發展的主要方向。所有的敘事無非都是使人失焦的障眼法：讓病人以觀看耳朵來檢查眼睛的嫵媚女醫生、點了散瞳劑卻被追問看見什麼的病人、因為眼睛放鬆不受控卻導致更焦慮的老太太，或者從教官式指揮蛻變為幼兒園安親媽媽般和顏悅色的護士小姐……通過主角「他」點了散瞳劑的眼睛看出去，醫院成為通往幻境的入口，而他來往於檢查、等待散瞳、再檢查與再散瞳的反覆走動，像是刻意使人陷入疲憊的催眠鐘擺，讓主角在雙眼失焦與等待下一次進入檢查室的冗長空檔裡想起一個難以理解的夢中夢。在第一重夢境中，他反覆回到曾與母親亂倫的醫院，卻察覺整個醫院都沉浸在勸人吃腐爛食物的祕密宗教團體裡，他打開手術室的門，卻走進電視節目現場，並被要求與女主持人在醫院布景的舞臺上公開表演性愛，性愛引發觀眾熱烈反應，使現場既像寶萊塢的歡樂又像由祈禱引發的集體狂歡。最後，敘事者為了逃避女主持人的持續糾纏，不得不通過在打造為手術室的攝影棚裡向她講述春夢而得以遁入另一重沒有女主持人的夢境。進入第二重夢境的主角被聲名狼藉的女藝術家要求陪睡，他一心走避卻撞見女藝術家的人形娃娃與她那準備狂歡的一千零一個男伴……夢境場景跳針般不斷回到重複的主題，醫院、性愛、團體……突然在一瞬之間，敘事者「醒來」，他仍在醫院的長廊裡等待，但卻已經是將觀看女醫生耳朵的描述置入過去式的「那一天」而非今天。我們猛然想起，在說夢之前的敘事者從未睡著，然而夢境過後，他卻以「醒來」為蟲洞通往與前述不同的時間點。在如此的錯愕之中，我們發覺顏忠賢錯亂卻彼此相似的夢境鋪排，原是為了通過夢進入另一種時間，以便能竄改原先存在的敘事時間。夢境通過打開另一時空的能力使它既可以是《南柯一夢》中淳于棼在大槐樹旁度過一世之長的午寐，也可以是《回顧》中韋斯特一覺醒來已然是一百一十三年後的未來世界。顏忠賢小說中的敘事者不僅在夢境中搭建前往另一夢境的甬道，也在夢與夢重複交疊間找到通往差異的另一個出口，拔山倒樹而來的重複，無非都是為了等待這唯一一瞬的差異誕生。

當代小說的核心在於差異，說無人說之物，寫視而不見之景；有別於搜羅怪奇軼事，它揭露人的例外處境；不同於社會報導爬梳事件，它做為想像的合法夥伴，拿事件的潛能搭建尚未發生之事；對立於哲學建構知識體系，它使認識重返不認識，以便拓展認識的邊界，從認識「尚未認識之物」朝向「不可識之不可知」的知情移動。這是從有限往無限的位移，認識尚未認識之物把未知之物納入認識系統中；而知情於「不可識之不可知」則構成認識系統的外掛程式，通過非認識的認識（不相符而非不認識）共通於不可知。因而當代小說既是不合時宜的，也是預言的，它差異於現在，是為了能錯身切進未來。在這種處境下，重複本應是當代小說的死敵，弔詭的是，通過六位小說家的作品，重複已然成為差異的極值，它做為差異的共謀者或母體，迫使差異往更差異直奔而去！

# 作者簡介

◉策畫

## 楊凱麟

一九六八年生，嘉義人。巴黎第八大學哲學場域與轉型研究所博士，臺北藝術大學藝術跨域研究所教授。研究當代法國哲學、美學與文學。著有《虛構集：哲學工作筆記》、《書寫與影像：法國思想，在地實踐》、《分裂分析福柯》、《分裂分析德勒茲》與《祖父的六抽小櫃》；譯有《消失的美學》、《德勒茲論傅柯》、《德勒茲，存有的喧囂》等。

◉小說作者（依姓名筆畫）

## 胡淑雯

一九七〇年生，臺北人。著有長篇小說《太陽的血是黑的》；短篇小說《哀豔是童年》；歷史書寫《無法送達的遺書：記那些在恐怖年代失落的人》（主編、合著）。

## 陳雪

一九七〇年生，臺中人。著有長篇小說《摩天大樓》、《迷宮中的戀人》、《附魔者》、《無人知曉的我》、《陳春天》、《橋上的孩子》、《愛情酒店》、《惡魔的女兒》；短篇小說《她睡著時他最愛她》、《蝴蝶》、《鬼手》、《夢遊1994》、《惡女書》；散文《像我這樣的一個拉子》、《我們都是千瘡百孔的戀人》、《戀愛課：戀人的五十道習題》、《臺妹時光》、《人妻日記》（合著）、《天使熱愛的生活》、《只愛陌生人：峇里島》。

## 童偉格

一九七七年生，萬里人。著有長篇小說《西北雨》、《無傷時代》；短篇小說《王考》；散文《童話故事》；舞臺劇本《小事》。

## 黃崇凱

一九八一年生，雲林人。著有長篇小說《文藝春秋》、《黃色小說》、《壞掉的人》、《比冥王星更遠的地方》；短篇小說《靴子腿》。

## 駱以軍

一九六七年生，臺北人，祖籍安徽無為。著有長篇小說《匡超人》、《女兒》、《西夏旅館》、《我未來次子關於我的回憶》、《遠方》、《遺悲懷》、《月球姓氏》、《第三個舞者》；短篇小說《降生十二星座》、《我們》、《妻夢狗》、《我們自夜闇的酒館離開》、《紅字團》；詩集《棄的故事》；散文《胡人說書》、《肥瘦對寫》（合著）、《願我們的歡樂長留：小兒子 2》、《小兒子》、《臉之書》、《經濟大蕭條時期的夢遊街》、《我愛羅》；童話《和小星說童話》等。

## 顏忠賢

一九六五年生，彰化人。著有長篇小說《三寶西洋鑑》、《寶島大旅社》、《殘念》、《老天使俱樂部》；詩集《世界盡頭》；散文《壞設計達人》、《穿著Vivienne Westwood馬甲的灰姑娘》、《明信片旅行主義》、《時髦讀書機器》、《巴黎與臺北的密談》、《軟城市》、《無深度旅遊指南》、《電影妄想症》；論文集《影像地誌學》、《不在場——顏忠賢空間學論文集》；藝術作品集：《軟建築》、《偷偷混亂：一個不前衛藝術家在紐約的一年》、《鬼畫符》、《雲，及其不明飛行物》、《刺身》、《阿賢》、《J-SHOT：我的耶路撒冷陰影》、《J-WALK：我的耶路撒冷症候群》、《遊——一種建築的說書術，或是五回城市的奧德塞》等。

◉ 評論

## 潘怡帆

一九七八年生，高雄人。巴黎第十大學哲學博士。專業領域為法國當代哲學及文學理論。著有《論書寫：莫里斯・布朗肖思想中那不可言明的問題》、〈重複或差異的「寫作」：論郭松棻的〈寫作〉與〈論寫作〉〉等；譯有《論幸福》、《從卡夫卡到卡夫卡》，二〇一七年以《論幸福》獲得臺灣法語譯者協會第一屆人文社會科學類翻譯獎。

字母 22

# 字母會R重複

作者——楊凱麟、童偉格、駱以軍、胡淑雯、黃崇凱、陳雪、顏忠賢、潘怡帆
總編輯——莊瑞琳
責任編輯——吳芳碩
行銷企畫——甘彩蓉
封面設計——林小乙
排版設計——張瑜卿

社長——郭重興
發行人兼出版總監——曾大福
出版——衛城出版／遠足文化事業股份有限公司
發行——遠足文化事業股份有限公司
地址——二三一四一 新北市新店區民權路一〇八-二號九樓
電話——〇二-二二一八一四一七
傳真——〇二-八六六七一〇六五
客服專線——〇八〇〇-二二一〇二九
法律顧問——華洋國際專利商標事務所 蘇文生律師
製版——瑞豐電腦製版印刷股份有限公司
初版——二〇一八年六月
定價——二八〇元

國家圖書館出版品預行編目資料

字母會R重複／楊凱麟等作
－初版－新北市：衛城出版：遠足文化發行，2018.06
面；公分－(字母；22)
ISBN 978-986-96435-0-4(平裝)
857.61　　107005944



ACRO POLIS 衛城

字母會 FACEBOOK

填寫本書線上回函

● 親愛的讀者你好，非常感謝你購買衛城出版品。
我們非常需要你的意見，請於回函中告訴我們你對此書的意見，
我們會針對你的意見加強改進。

若不方便郵寄回函，歡迎傳真或EMAIL給我們。
傳真電話——02-2218-8057
EMAIL——acropolis@bookrep.com.tw

或上網搜尋「衛城出版FACEBOOK」
http://www.facebook.com/acropolispublish

---

## ● 讀者資料

你的性別是 □ 男性 □ 女性 □ 其他

你的職業是 ________________ 你的最高學歷是 ________________

年齡 □ 20 歲以下 □ 21-30 歲 □ 31-40 歲 □ 41-50 歲 □ 51-60 歲 □ 61 歲以上

若你願意留下 e-mail，我們將優先寄送________________衛城出版相關活動訊息與優惠活動

---

## ● 購書資料

● 請問你是從哪裡得知本書出版訊息？（可複選）
□ 實體書店 □ 網路書店 □ 報紙 □ 電視 □ 網路 □ 廣播 □ 雜誌 □ 朋友介紹
□ 參加講座活動 □ 其他 ________

● 是在哪裡購買的呢？（單選）
□ 實體連鎖書店 □ 網路書店 □ 獨立書店 □ 傳統書店 □ 團購 □ 其他 ________

● 讓你燃起購買慾的主要原因是？（可複選）
□ 對此類主題感興趣 □ 參加講座後，覺得好像不賴
□ 覺得書籍設計好美，看起來好有質感！ □ 價格優惠吸引我
□ 議題好熱，好像很多人都在看，我也想知道裡面在寫什麼 □ 其實我沒有買書啦！這是送（借）的
□ 其他 ________

● 如果你覺得這本書還不錯，那它的優點是？（可複選）
□ 內容主題具參考價值 □ 文筆流暢 □ 書籍整體設計優美 □ 價格實在 □ 其他 ________

● 如果你覺得這本書讓你好失望，請務必告訴我們它的缺點（可複選）
□ 內容與想像中不符 □ 文筆不流暢 □ 印刷品質差 □ 版面設計影響閱讀 □ 價格偏高 □ 其他 ________

● 大都經由哪些管道得到書籍出版訊息？（可複選）
□ 實體書店 □ 網路書店 □ 報紙 □ 電視 □ 網路 □ 廣播 □ 親友介紹 □ 圖書館 □ 其他 ________

● 習慣購書的地方是？（可複選）
□ 實體連鎖書店 □ 網路書店 □ 獨立書店 □ 傳統書店 □ 學校團購 □ 其他 ________

● 如果你發現書中錯字或是內文有任何需要改進之處，請不吝給我們指教，我們將於再版時更正錯誤

________________________________________
________________________________________
________________________________________
________________________________________
________________________________________

請沿虛線剪下

| 廣告回信 |
| --- |
| 板橋郵局登記證 |
| 板橋廣字第1139號 |

請直接投郵•郵資由本公司支付

23141
新北市新店區民權路108-2號9樓

**衛城出版** 收

● 請沿虛線對折裝訂後寄回，謝謝！

ACROPOLIS 衛城出版

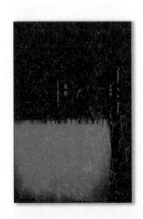